沒有人不知道，死神也有七情六欲。

因此，

即使東部戰線的無頭死神偶爾……

毋寧說時常歌頌青春，

沒人會現在才來大驚小怪。

EIGHTY SIX

The number is the land which isn't
admitted in the country.
And they're also boys and girls
from the land.

ASATO ASATO PRESENTS
[作者]安里アサト
ILLUSTRATION／SHIRABII
[插畫]しらび
MECHANICALDESIGN／I-IV
[機械設定]I-Ⅳ

Kadokawa Fantastic Novels

86

—不存在的戰區—

They spent their adolescence there,
on the battlefield.

[Alter. 1]

—死神偶爾揮灑青春—

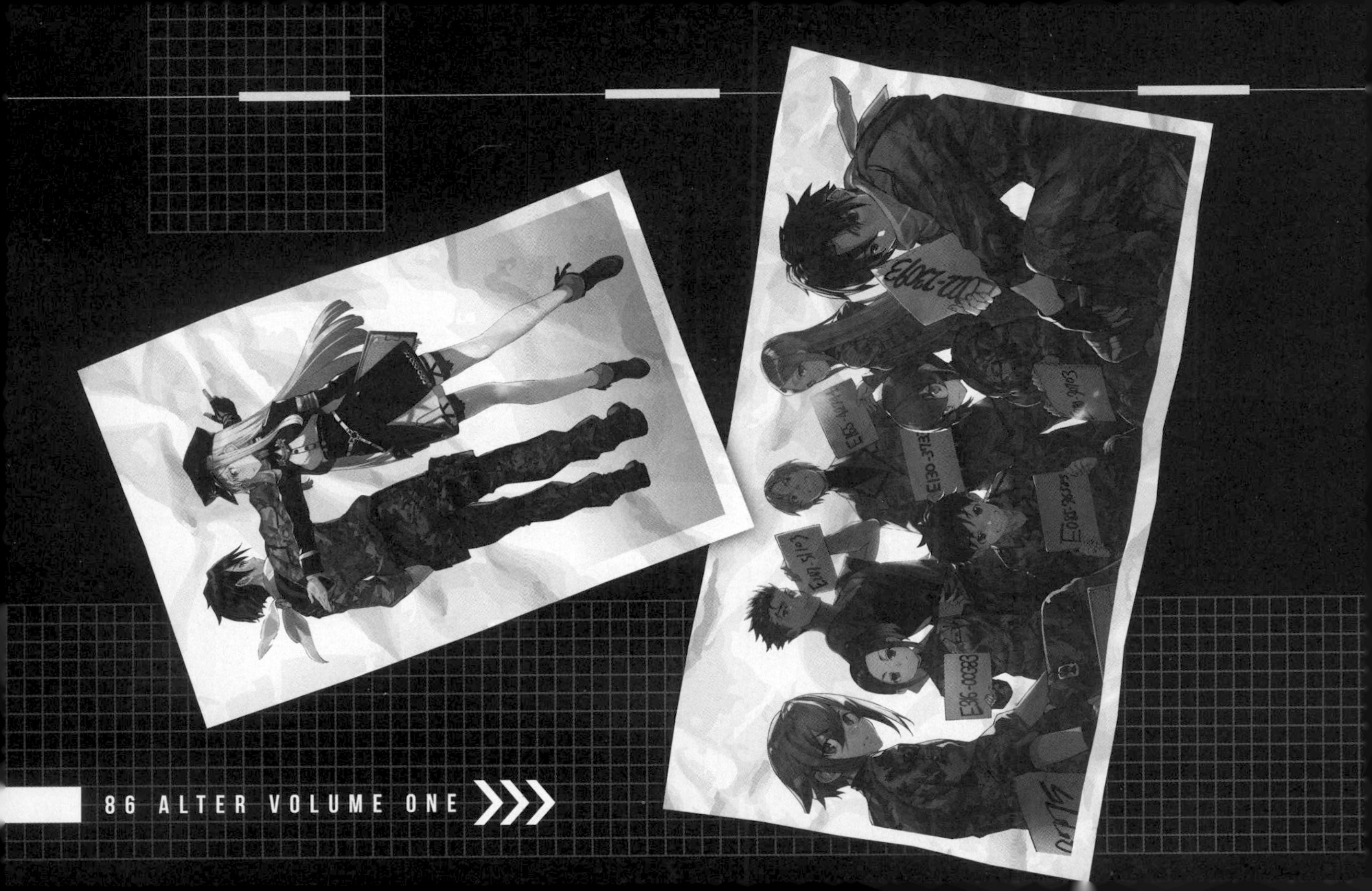
86 ALTER VOLUME ONE
E316-00383

聖瑪格諾利亞共和國篇

They spent their adolescence there, on the battlefield.

[EIGHTY SIX]

The number is the land which isn't
admitted in the country.
And they're also boys and girls from the land.

冬日，隻影成雙

共和國首都貝爾特艾德埃卡利特的革命廣場市集受到細雪點綴，被冬季的淡淡陽光照得美麗燦爛。

這是贖罪祭的臨時街市。自古以來，人們會在迎春之前舉行火祭以贖己罪。然而隨著時代變遷，完全失去了原有的嚴肅性質，如今已成了一個單純的節日。

看著街上人潮快活地沉浸在節慶特有的氣氛中，今年滿十二歲的蕾娜，散步到一半無意間停下腳步。

路上行人無一不是伴著家人、朋友或情人同行，獨獨蕾娜形單影隻。她還沒有遇到對象，父親早逝，母親嫌這種地方沒水準不肯來，而多次跳級的蕾娜只有一名同齡的朋友。所以沒人陪她一起逛街，也只能說是無可奈何。

為了儘快成為軍人——期望有朝一日能回應那位恩人的高尚話語，蕾娜一直奔波到今日。

她從未因此而後悔，只是……在這種時刻，就會有點……

蕾娜仰望時間地點都與當時那片天空截然不同，高遠澄澈的冬季早晨天空。

那位救命恩人，是否仍在這片天空下戰鬥？

即使只有一天也好，是否有回去見到他想念的——說過一定會回家重逢的弟弟身邊？

這是她仰望著此時依然與戰場遙遠相連的蒼穹，被寒風凍僵的嘴唇發出的唯一一句低語。

遭到棄置已久的廢墟都市，不可能那麼剛好有鐵鍬掉在地上。

失去周身血肉的白骨抱在懷裡都嫌少，也不用現在才來擔心被野獸毀損。所以該挖的墓穴只需小小一個，但是要用槍上刺刀挖開凍硬的地面仍是件吃力的勞動。尤其是辛今年才十二歲，個頭都還沒開始長高。

要不是來找他的菲多一起幫忙，恐怕會花掉一整天的時間。面對趕在日落前完成的簡陋土堆，辛背靠著菲多擋風，獨自啜飲把雪煮滾而成的白開水。

八六不被允許立墓碑，在這冰天雪地的廢墟也無花可獻。晴朗無雲的藍天使得昨晚下的雪像是一場幻覺，但四下毫無生物蹤影，他也已經無話可對化為沉默白骨的哥哥說了。

因為即使埋葬了留下的白骨，哥哥的亡靈早已不在這裡。

挖掘硬如鋼鐵的冰凍土地足足半天的刺刀，刀尖完全被磨鈍了。他拿起讓菲多從哥哥的「破壞神」機身割下的裝甲片，擋住淡淡的陽光。

看著連重機槍子彈都擋不下的輕薄鋁合金裝甲，以及畫在上面的無頭骷髏騎士識別標誌。被斬首卻沒死成的亡靈圖案。

哥哥為何要把這種簡直好像在諷刺辛的識別標誌畫在自機裝甲上，其中原因已無從知曉。

沒有動到辛倚靠著的貨櫃，菲多只把光學感應器轉過來，用感應器的圓形鏡頭眨了一下眼睛。

「……嗶。」

「不用這麼早回去也沒人會擔心我的。反正班長討厭我。」

他想起自己隸屬的戰隊基地的那位青年整備班長，露出了苦笑。

辛覺得整備班長其實人不壞。應該是因為太過關懷比他小了足足十歲的處理終端們，才會無法容忍「死神」害得每個與他扯上關係的人一一戰死吧。

戰隊長跟整備班長是從強制收容所就認識的朋友，本來很關心隊上年紀最小的辛，但他也在昨晚的戰鬥中捐軀了。

不只是他，其他同袍也無一例外。

「舊事重演」。

沒有人會等他回去。真要說起來，根本就「沒人」期望他生還。

他知道即使如此自己還是得活下去，但在這種時刻，會感到有點……

辛抬頭看著哥哥的遺骸仰望到死前最後一刻的蒼穹，明知得不到任何回應，仍低語了一句。

貝爾特艾德埃卡利特與戰場之間相隔了一百多公里的距離還有要塞群（鐵幕）、地雷陣與電磁干擾，所以沒有任何事物能傳遞到彼方。

所以……

慶祝與祭祀的歡快人群中，她在無人留意的一個角落，仰望與戰地相連的東方天空。

「……好冷。」

遭人遺棄的戰場一隅，他在冰天雪地的廢墟裡，望向不久落日即將逝去的西方天空。

「……好冷。」

兩人都無從知曉，凍得發白的嘆息般零落的話語和視線，竟正好重疊。

八月二十五日（萊登的生日）

「——聽說你今天生日？」

沒頭沒腦地被問這種掌握不到意圖的問題，萊登皺起眉頭。第八十六區令人厭惡透頂的生活，也已經過了一年多。順便一提，與眼前這個提出反常問題的討厭死神戰隊長大人，來往的時間也一樣長。

這讓他忽然想到，這下子好像已經十三歲了。自己也是，眼前的辛也是。

「喔……對耶，你提醒我了。不說我都忘了。」

在第八十六區別說慶生，根本就沒機會用到生辰年月日這玩意，所以他忘得一乾二淨。

萊登忽然發現一件事，便開口詢問。雖然頂多也就幾個月，但這傢伙總不至於比自己大吧。

「你呢？」

「忘了。」

回答得輕描淡寫。不是隨口敷衍，從那語氣與表情看得出來他是真的已經不記得，而且也不以為苦。

兩人理所當然地都還不知道，幾年後會有人告訴他們辛是五月出生。

辛動作又快又輕地偏了偏頭。

「既然難得知道，要不要幫你慶祝一下還是怎樣？」

「……是不錯，可是……」

如同隨口回答「忘了」的辛，其他同袍似乎也早就忘了自己的生日。被拋進第八十六區之前的記憶，早已被戰火燒光，幾乎都想不起來。

只因為自己還記得就能有特別待遇，感覺好像不太好意思。

再說……

「順便問一下，真心話是？」

「就快到部隊重組的時期了，想找個藉口讓幾個活下來的瘋一下，轉換心情。」

我就知道。

萊登半睜眼，但辛毫不介意。

「我看『軍團』這一兩天都不會有所動作，而且上次弄到了大量砂糖，想說應該能做點甜的。」

說完，辛忽然不懷好意地笑了笑。

萊登心生一種非常不好的預感。

「記得從備蓄倉庫拿來的罐頭鹹餅乾有剩，還有罐裝牛奶跟雞蛋。來幫你做個上次找到的食譜裡寫的卡士達塔好了？由我來做。」

「知道了，給我住手。」

辛的廚藝爛到極點。

比方說因為嫌麻煩就毫不在乎地省略或調換步驟，或是什麼東西的分量都想用目測解決，不然就是不考慮火候覺得能煮滾就好。簡單一句話就是粗枝大葉。

而且真要說的話，好像還有那麼點味覺障礙。

辛還在那裡反常地賊笑。

「明明就不用跟我客氣。」

「我是在擔心我的健康問題……真是。」

發現辛在尋自己開心，萊登抓了抓頭。

剛認識的時候覺得辛像是個無情死神，現在過了一年多，印象也有點不同了。他現在變得偶爾會笑是好事，但幹嘛沒事就像這樣來尋自己開心？

「說穿了是你自己想吃吧。好啦，我做給你吃就是了。」

把鹹餅乾弄碎做成塔皮，再注入卡士達醬。像是這點小點心在這第八十六區應該也勉強做得出來。不過烤箱可能就得自己做一個了。

不過話說回來，這傢伙竟然會想吃甜食，說半天就是小鬼頭一個嘛。萊登帶著意外的心情看向辛。

結果辛表情愣了一愣，也看著萊登。

「沒有啊……我不怎麼喜歡吃甜食。」

「你這混帳。」

蕾娜＋阿涅塔

「明天開始我們倆就都是軍人了呀，所以今天是最後的自由日子，跟我一起去買東西嘛。」

被阿涅塔如此邀約，蕾娜來到位於貝爾特艾德埃卡利特中心街的第一區最大百貨公司。

「我們又不會去住隊舍，阿涅塔妳真誇張。」

「又不會怎樣，就找個藉口嘛。」

阿涅塔甩動著手提包，看起來開心得不得了。逗得蕾娜也露出了微笑。

看到兩位名媛貴客光臨，主管親自出來想陪著選購，但兩人委婉拒絕，看到哪家店感興趣就進去逛逛。華貴時尚的洋裝、鞋子、珠寶與點心，樣樣色彩鮮豔、賞心悅目。

「這個很適合蕾娜！絕對就是這個白色與金色的款式！來，妳穿穿看。」

「啊，等一下，那阿涅塔，我覺得那件蕾絲的很適合妳，妳也來試穿看看。」

「……鞋跟會不會有點太高？」

「不會啦，蕾娜妳穿起來很成熟帥氣喔。」

「阿涅塔，妳看，這個成套的耳環與項鍊也很可愛耶。」

「啊——那個我跳過。我有點怕那種血紅色。比起來，我覺得這個藍色的同款更……」

「……蕾娜，店裡推薦的黑森林蛋糕跟草莓蛋糕，妳決定要哪一個了嗎？」

「……還沒。我說啊，乾脆今天破例，兩個都點怎麼樣？」

兩人一路興奮尖叫，結果花了一整天把百貨公司從樓上到樓下逛過一遍，提著一堆購物袋走進頂樓的咖啡廳。不知從哪裡冒出來的主管表示會替她們將東西送到家裡，收走了兩名少女堆積如山的敗家收穫。

在店員帶位的窗邊最好的座位，兩人邊喝紅茶與咖啡邊俯瞰景觀，稍微喘一口氣。蕾娜愛喝紅茶，阿涅塔則偏好咖啡。有點可惜的是，兩種都是生產工廠的合成品，無論多麼注重細節用心沖泡，仍然遠遠不及記憶中的真實滋味。

眺望著染上夕陽紅的貝爾特艾德埃卡利特市區，阿涅塔忽然開口了。八條大道從中央廣場往郊外放射狀延伸，構成了整頓得精緻美麗的街景。為了維護市容，共和國的建築物有高度與層數限制，從這間蓋到限制高度的大樓最高樓層的咖啡廳，能夠用最開闊的視野將第一區的中心街盡收眼底。

「……蕾娜，記得妳志願好像填指揮管制官（Handler）？」

「嗯，分發單位也已經確定了。」

「妳也真是與眾不同呢。我說真的。」

說這句話的阿涅塔，已經確定分發到研究部了。她說她會接手亡父的研究。

一種忽然湧起的奇妙感慨，讓蕾娜放下了原本要端起的茶杯。單純女孩的快樂時光到此結束。明天起，彼此都會比同年齡的其他少女早一步踏進「大人」的世界……踏入軍人的世界。

視線隨著微笑低垂。

「今天很謝謝妳。幸好有出來玩。畢竟之後，我們都會愈來愈忙嘛。」

「對吧？不過只要妳想來，隨時都可以來研究室找我玩喔。」

「可以嗎？」

「蕾娜的話我隨時張開雙臂歡迎。」

「有了。」阿涅塔說完把咖啡杯放到一旁，探身向前。她壓低音量，像是要傾訴一個寶貴的祕密。

「剛才樓下那家店，不是有賣很可愛的馬克杯嗎？就是白兔與黑兔一組的那個。我們去把那個買起來吧，然後放在我的研究室，只有蕾娜來的時候才能用。所以我說真的，妳一定要來玩喔。」

看到朋友孩子氣地兩眼發亮，蕾娜輕聲笑了起來。她也同樣探身向前，壓低音量。

「當然了，阿涅塔。」

我的好閨密。

闊刀戰隊

「——知道這些就夠了。再來就交給我吧。」

「……抱歉。」

「這也是沒辦法的啦。別想太多，躺著就對了。」

說完，「第二八戰區第一防衛戰隊」的「闊刀」副長，萊登．修迦從軋軋作響的木頭椅子上站起來。

他走出組合屋式的破敗隊舍中不屬於自己的寢室之前，忽地轉過頭來。

「可別因為狀況生變就跟我聯絡喔，你這樣搖搖晃晃的跟我同步反而是給我找麻煩，聽見沒，辛！」

大概是表示聽明白了，萊登看到辛從毛毯底下無力地揮手，才關上房門。

走進做好出擊準備的機庫，人數少之又少的幾名隊員轉過來看他。

畢竟處理終端就是損耗激烈，每個戰隊都被迫以少於部隊定額的狀態上戰場，不過現在人數這麼少並不是戰死所導致。是因為這幾天氣溫驟降，導致包括戰隊長辛在內的幾人感冒病倒。處理終端即使是那些年紀較長的也不到二十歲，身體功能尚未發育完全加上生活環境惡劣，每到冬天最容易發生這種現象。

先不論作為戰力還不可靠的菜兵們，辛與戴亞缺席影響是有點大。萊登只是心裡想想，沒寫在臉上。

即使如此，他們隊上老兵較多，還有餘力叫人休息已經算不錯了。

其他戰隊幾乎都沒這餘力，即使是明顯無法正常戰鬥的傷兵或病人也得充作戰力。等於是叫人去死。事實上，像那樣被逼上戰場的傢伙，大多都會在那場戰鬥中一去不返。

無意間一看，一名少年菜鳥新兵面露不安神情。

「……會不會出事啊，這次……戰隊長不在，還得……」

他應該沒那個意思，但這樣等於是當面被說「有你們在還是無法安心」，賽歐露出苦笑，年齡相近的可蕾娜則是有點不高興。

少年那個小隊的小隊長安琪柔和地笑起來。

「對於依賴心重的瑞圖，我想給你個忠告……像你這樣在戰鬥中依賴辛，會死得比別人早唷。」

「咦？」瑞圖睜大雙眼。講到上戰場，他們的戰隊長明明可靠到「可怕的地步」。

「指示與警告，視狀況而定有時必須分出優先順序。辛並不是每次都能幫你。不懂得自己觀察、判斷戰況，不依靠別人就不能戰鬥的小朋友是沒辦法存活的。況且……不管是辛還是我們，都沒辦法永遠保護你們的，知道嗎？」

尚未進入成長期的稚氣臉龐明顯地僵住了。因為他想起了自己跟大家身處的現實狀況。他生活的這個戰場——所有人遲早都「注定」會死。

瑞圖愈發哭喪起一張臉，萊登把他那高度還比自己低很多的瑪瑙色頭髮揉亂，說了句話。這對萊登而言純屬理所當然，所以講話時也不用故作強悍。

「總之呢，今天靠這些人數就夠了……我們也沒打算讓你們送死，你放心吧。畢竟那傢伙看起來蠻不在乎，其實意外地愛擔心嘛。」

到了萊登必須特地叮囑他，身體不舒服就不要來同步的地步。

大家一如出擊前所說的一人也沒少地全員歸營時，辛早已離開被窩，顯然從不久之前就在等大家回來，讓萊登皺起一張臉。

「你白痴啊，不是叫你躺著嗎？」

「已經好很多了。再說，壞消息還是早點講比較好吧。」

辛如此說道，好好睡過一覺讓他的臉色比早上好轉許多，但看起來還是病懨懨的，萊登心想有急到讓你非得這樣硬撐嗎？但話到嘴邊又吞了回去。

「什麼壞消息？」

「任地異動的通知來了。」

這時萊登才發現，同樣臥病在床的戴亞也下樓來了。平常愛打趣的藍色雙眸，此時像是僵硬地看透了一切。

為了預防處理終端合謀或是造反，各戰區的任期原則上是半年，任期一到戰隊就會進行解散重組。分發到這個部隊快要五個月了，通知重組與調任應該沒什麼好奇怪的——

辛平靜地回看疑惑地俯看自己的萊登，用向來不曾有所動搖的淡定語氣說道。

那雙血紅眼瞳，沉靜地結凍。

「包括我在內，小隊長以上的全體人員分發到第一戰區第一防衛戰隊。」

在一旁聽見的瑞圖倒抽一口冷氣。萊登神色嚴峻地瞇起一眼。

第一戰區，第一防衛戰隊。

「……是『先鋒』嗎？」

東部戰線戰況最為慘烈的爭戰之地——其中最前線的防衛部隊。

在這戰死者為零的戰場上，是人員死傷「最慘重」的地點。

他們這個綽號「死神」的戰隊長，在那一瞬間，臉上浮現僅有些微——但是明確無比的悽愴冷笑。

戴亞＋安琪

「牠在被戰車型砲擊炸碎的民宅前面咪咪叫，我一不小心就跟牠四目交接了。雖然隔著感應器，但我們之間心靈是相通的啊。」

戴亞用一副灑狗血悲劇般悲愴萬分的神情說道，胸前抱著一隻只有腳尖是白色的小黑貓。小貓頻頻搖動三角形的耳朵與銀色鬍鬚，確實就跟戴亞說的一樣，用小貓特有的尖銳聲音咪咪叫個不停。

「一看，疑似牠的爸爸媽媽的貓還是啥的已經被瓦礫壓扁了。可是牠這麼小一隻，想也知道沒辦法自力更生吧。」

不但申請補給物資的文件擬到一半被打擾，還被迫觀賞這齣老掉牙的短劇，辛平時不帶感情的紅色雙眸露骨地做出厭煩的反應。

那時戰鬥還沒真正結束，雖說周圍沒有「軍團」，但看到他毫無防備地打開座艙罩的時候還想說他在搞什麼，原來……

再加上辛聽到這裡已經猜到結尾了，於是開始用眼睛在辦公桌周圍拿得起來的物品當中，尋找最重最硬的東西。

「我會好好照顧牠的，所以……你會准我養牠吧，媽！」

一聽到最後那個字，辛拿起擱在辦公桌上的那把重而堅固的匕首（兼做刺刀），沒拔掉刀鞘就往他丟過去。早就猜到的戴亞輕快地脖子一歪躲掉……隨後又一個文鎮飛向他閃躲的位置，不偏不倚擊中額頭，讓他四腳朝天摔倒在地。

小貓薄情地從戴亞的臂彎咚的一下跳出來，被選擇旁觀的安琪穩穩抱住，她悠悠哉哉地說：

「辛，你這記吐槽真夠力，連耍笨的動作都預測到了。」

「安琪……拜託，好歹擔心我一下啦……」

就像在說「才不管你呢」，安琪抱在懷裡的小貓叫了一聲：「喵～」

「總之，我去幫牠洗澡喔。辛，上次你不是說有條毛巾舊了要拿去擦機器嗎？我拿去用喔。」

「好。」

安琪抱著小貓離開，在各方面復活得都很快的戴亞好像沒事似的爬起來。

同時，他看到辛伸手去拿邊角用金屬補強的厚厚一本皮封面舊書，這次總算學乖沒再耍笨，只重複了一遍重點。

「所以，你會准我養牠吧！」

「沒什麼不可以的啊。」

辛不怎麼在乎所以回得輕描淡寫，戴亞卻好像覺得很可悲似的，一手按著額頭搖搖頭。

「哎喲，不對！辛你這樣回答是不對的！要先說：『你給我把牠放回原地！』懂嗎！」

「…………」

「然後我會好說歹說發動眼淚攻勢，哭著向你保證我會照顧牠到最後，然後你才能說：『真拿你沒辦法，好吧！』懂了沒？那我們重來一遍……」

「你想再重來一遍或是要我送你這種話都行，但我只要說出口，就會真的叫你把牠放回原地喔。而且不能出動『破壞神』。」

今天的作戰區徒步的話要走很久，而且附近似乎還有斥候（Ameise）型與自走地雷出沒，但辛懶得替他想那麼多。

從辛平淡的語氣中聽出他是認真的，戴亞維持著張開雙臂的誇張姿勢陷入沉默。辛長嘆一口氣。

真受不了。

賽歐＋凱耶＋悠人＋菲多

「——然後定睛一看，才發現河面上漂浮著無數的綠色光團……」

「嗚哇啊啊啊啊啊，不要再說啦啊啊啊啊……！」

『……！』

辛沖完咖啡回來，看到凱耶簡直像布偶還是什麼似的抓住悠人直嚷嚷，賽歐貼近她背後一副從中取樂的表情小聲呢喃著些什麼。而看起來同步另一頭的指揮管制官少女也變得跟凱耶一樣。

窗外是雷雨交加的夜晚，場面安排得還滿剛好的。不過指揮管制官所在的遙遠第一區是否也是這種天氣則不得而知。

「那條河從以前就是死傷無數的戰場，所以一定是古代士兵們的怨靈，被我們的戰鬥殺氣給喚醒……」

「就跟你說不要再講了，賽歐你這笨蛋——！」

要問辛的話，他覺得那應該是螢火蟲。

但看到凱耶尖叫到都快哭出來了，指揮管制官則是好像連叫都叫不出來，讓辛把想法藏在心裡沒開口。他懶得吐槽了。

絕不是指揮管制官少女似乎變得像隻膽小的兔寶寶般縮成一團，讓他覺得有點好玩才不說。

被凱耶抱得太緊導致臉色有點發白的悠人——被緊緊勒住讓他呼吸不順——在這種狀態下還笑嘻嘻地說：

「啊——我也有看到過類似的，就是在森林裡，站著一個黑漆漆的人影。我轉開視線再看過去的時候發現人影比剛才靠近，再轉開視線又看過去，那人影又靠得更近……」

「嗚哇啊啊啊啊啊啊啊你這笨蛋——！」

「我不能呼吸了——」

不懂他為什麼要名副其實地自找死路。

辛雖然這麼想，但還是沒說出口。賽歐繼續把雙臂擱在椅背上，將下巴放在上面，只往他瞥來一眼。

「送葬者，你來得正好，有沒有什麼故事要分享的？就是這種撞鬼的經驗。」

「沒有……我沒遇過。」

「什麼嘛。」

聽他回答得這麼快，賽歐掃興地用鼻子哼了一聲。

這讓辛無意間想起一件事，轉頭看了看他剛才上樓的樓梯。雖然也說不上是撞鬼……

「對了，樓梯平台窗外的那個傢伙是在做什麼？在這種下雨的夜晚跑到外面，總不會是在擦窗戶吧。」

「「「給我等一下！」」」

凱耶、悠人與賽歐一齊對著辛大叫，讓他皺起了眉頭。

「……幹嘛忽然大小聲？」

「你還好意思問？怎麼想都不對勁吧！從頭到尾都不對勁！」

「就像你自己說的，沒有哪個白痴會冒著這種大雨跑出去，再說從一樓到二樓的樓梯平台窗戶『外面』，哪有地方給那傢伙站啊！根本是飄在半空中吧！」

「真要說的話，你剛才不是去了食堂嗎！都沒有看到人嗎！」

經他們這麼一說，的確……

「所以那個也許不是活人？」

「「「就叫你別說了！」」」

被他們大聲吼回來，辛沉默了。

賽歐、悠人與凱耶一個勁地猛擦爬滿雞皮疙瘩的上臂。

「真是夠了！也就是說送葬者，你才不是沒有撞鬼經驗！」

「根本就只是已經習以為常了，沒把撞鬼當成撞鬼！……咦，所以你究竟是撞過多少次鬼啊！」

「超可怕，結果最可怕的是送葬者！」

在大吵大鬧的他們聲音的後方，指揮管制官少女似乎超出了某種負荷極限，可以感覺到她撲通一聲倒下。

彷彿湊巧聽見從隊舍二樓隱約傳來的吵鬧聲，回收可再利用資源回來的菲多停下腳步。貨櫃裡裝了漂亮的金屬雕像，它原本躺在日前戰鬥倒塌的大樓瓦礫中。雕像呈現拋光過的白銀色，造型不知道是哪個偉人還是英雄，但還滿美觀的，剛才撞到隊舍的窗戶好幾次所以有點歪倒。

菲多讓光學感應器眨了個眼，若無其事地走向自動工廠附屬的再生爐。把偉人雕像跟其他回收資源一起丟進再生爐，就像在說「嗯，我今天工作還是一樣賣力」，勤勞的「清道夫」回到自己的待機位置。

萊登＋可蕾娜

「……我覺得這已經不是難以理解，根本就是沒道理吧……」

話說不被當成人看的八六當然不可能享有像樣的食衣住行，處理終端分配到的野戰服也是擺在倉庫裡長年積灰塵的東西，而且被輪流穿來穿去，已經破舊到不堪使用了。

既然如此，處理終端勢必得具備一種技能，但擅不擅長得看個人天分。

「你為什麼『就只』擅長縫紉？」

「不知道。」

萊登在食堂桌上托著腮幫子這麼說，辛一邊修補袖口脫線的野戰服一邊回答。明明廚藝差到不行，應該說粗枝大葉到誇張的地步，縫紉這種需要巧手的工作卻做得來，根本就說不通。萊登每次都這麼想，但辛顯得一點也不介意。

可蕾娜在一旁像個小女生那樣一邊擺動著雙腳一邊等衣服縫好，那副德性也讓萊登看了有點受不了。

沒錯，辛正在縫補的野戰服，不是他自己的那套。

「不是我要說，可蕾娜妳已經不是小孩子了，該學著自己做了吧。」

「我就不擅長縫紉嘛。」

可蕾娜把臉別向一邊。事實上她豈止是不擅長，根本是笨手笨腳到令人無言的地步。令人無言到什麼程度？剛分發到同一個部隊的時候，她曾經縫得爛到讓辛看不下去，索性整套拿走幫她縫。當然，那麼做絕不是出於紳士理由，不能讓不熟悉縫紉的女生縫布料較硬的野戰服傷到手之類的，而是怕好端端的縫線弄得滿是血跡只能丟棄。

從此之後，她只要有什麼衣物脫線——倒還不至於連內衣褲都拿來——就會過來請辛幫她縫補，好吧，這大概是她的一種撒嬌方式吧。也有可能是想儘量找機會跟他說話、令人掬一把辛酸淚的作戰方式。

看在萊登這個旁人眼裡，會覺得她就是因為老是這樣才會永遠無法被當成女生看待，只被視為一個需要照顧的妹妹。

「……少校，妳對可蕾娜的這種態度有何觀感？」

可能是怕打擾到正在做針線活的辛，蕾娜雖然有跟大家同步但一直保持沉默；萊登試著把話題丟給她。

但不知為何沒有得到回應，萊登睜開一隻眼睛。

「怎麼了？」

蕾娜仍然默不作聲，最後不解地開口了：

『請問…………什麼是縫紉？』

沉默降臨眾人之間。

然後在場所有人大嘆了一口氣。

「雖然早就覺得妳是個大小姐，沒想到這麼……」

「天啊……沒這麼誇張吧……」

「少校，我看妳鐵定也不會縫鈕釦什麼的吧。」

又停頓了一段時間。

『……縫鈕釦……？呃，鈕釦不是扣上就好了嗎……？』

看來她連鈕釦脫落的樣子都沒看過。

一定是有相當細心的優秀女僕在府上服務吧。

「不會跟我說，妳連穿針線也不會吧？」

『……………穿針……線……………………』

看來她根本連縫紉的最基本步驟都不知道。

辛似乎因為覺得傻眼而又大嘆了一口氣，弄得蕾娜明顯地驚慌失措起來。

至於可蕾娜則是得意洋洋地用鼻子發出哼哼聲。

「少校，這點小事就連我都會耶。」

『什麼？所以不會的話很丟臉嗎！是這樣的嗎，諾贊上尉！』

辛沒作聲，萊登的想法大概也跟辛藏在沉默底下的念頭不謀而合，只覺得真是夠了。

五十步笑百步。

辛＋蕾娜

「……嗯……」

忽然有輕微重量壓在其中一隻手臂上，低頭一看，本來在身旁逗貓玩的可蕾娜靠在他身上睡著了。

辛拿著他靈巧地單手攤開、看到一半的書本，沉默片刻。熟睡的可蕾娜像是沉浸在幸福中，發出無憂無慮的輕微鼾聲，讓辛不禁覺得不知道該怎麼說她，只能說她完全沒長大吧。先不管外表，內在是真的沒半點成長。

辛心想算了沒差，不理會身旁的少女繼續看書。反正姿勢這麼彆扭應該很快就會醒來，如果一直沒醒來的話找安琪來把她帶走就是了。

正在這麼想的時候，知覺同步啟動了。

蕾娜用一如往常彷彿搖響銀鈴般的嗓音，一如往常地跟他打招呼。

『……晚安，諾贊上尉。』

啊，這下不妙。

辛反射性地這麼想，然後發現到自己思維的奇怪之處，微微皺起了眉頭。

……什麼事情不妙？

平常那些成員今天忙著收拾整理或是另外有事，房間裡似乎只有辛一個人在。

蕾娜本來是這麼以為的，但在對話之間聽見些微顯然不屬於辛的悄然呼吸聲，讓她偏了偏頭。

聽起來很平靜……是睡夢中的呼吸聲嗎？

「……有人在那裡嗎？」

『算是有……可蕾娜在睡覺。』

看來是被她靠著不能動。

蕾娜想像那個畫面，輕聲笑了笑。

「總覺得，庫克米拉少尉就像個可愛的妹妹呢。」

『她只是莫名地黏我而已。』

聲調與口氣，聽起來就像是雨天暫時收留小貓結果牠不肯離開身邊，弄得他很困擾似的。蕾娜彷彿連他苦澀的表情都想像得到，這次終於笑出聲來。

同時在內心深處，也產生了少許煩躁。

……咦？

一產生自覺的瞬間，鬱悶的感受轉眼間膨脹了起來。怎麼回事？

我為什麼會這麼心煩意亂？

而連蕾娜都有所自覺的感情變化，知覺同步相連中的辛自然不可能沒察覺。

『……少校？』

「什麼事？」

發出的聲音尖銳帶刺到連她自己都嚇一跳。

『沒有……只是，是不是忽然有事讓妳不高興了？』

「我沒有不高興。」

又來了。

『……妳在不高興吧？』

「就說了沒有嘛！」

辛默不吭聲。嘴上這樣說，蕾娜卻把手邊的靠枕抱緊到好像想把它勒死。

常暗的天堂之藍

八六雖遭到祖國剝奪人權，被當成與「軍團」對峙的無人機零件囚禁於最前線，但他們也不是一天二十四小時都在戰鬥。

「……這樣不會很危險嗎？再怎麼說，一個人在交戰區域走動也太……」

在與最前線千里迢遙、遠離戰事的首都自己家裡，蕾娜在她的房間裡翻閱起常來家裡的百貨公司外商帶來的煙火型錄，透過知覺同步說道。

辛在戰區的一隅探索廢墟都市尋找可用物資，聽了似乎聳了聳肩。

『現在這附近沒有「軍團」。這妳應該知道吧。』

「是沒錯，可是會不會有野狼、老虎或熊……」

『牠們如果不巧碰上戰鬥的話也會變成「軍團」的攻擊對象，所以不會特地跑來戰鬥頻發的交戰區域，也不會靠近外觀同樣是人形而容易跟自走地雷混淆的人類。』

況且這附近根本就沒有老虎。辛還平淡地補上這句吐槽，讓蕾娜不滿意地噘起嘴唇，隨後又綻唇微笑。

不知道辛是否有發現？比起剛認識的那段時期，不知不覺間他已經變得會像這樣，陪蕾娜閒聊兩句了。

『妳好像很開心呢……現在在做什麼？』

「咦？……噢，就是……」

蕾娜想到一個點子，噗哧一笑。雖然目的不同，但同樣都是填入筒中用火藥擊發。

「我在比較各種『砲彈』，看要選哪一種。」

『……………這很好玩嗎？』

「好玩呀，看到的人一定會喜歡……再說，你還好意思說我。」

透過集體無意識互傳聲音的知覺同步，同時也會傳達見面談話程度的情緒反應。此時正與她同步的辛，一反平時的沉著寡言，明顯地樂在其中。

據他的說法，好像是找到了沒進去過的地下建築物的入口。

於是他立刻一手拿著化學螢光棒（Light stick），好像在地下城裡冒險那樣進入室內四處探索。

正因為自幼就生活在毫無娛樂概念的強制收容所與沒有明天的戰場，他們八六對於享受日常生活中的小小事件，總是既坦率又永不滿足。

而男生大多都愛死了探險，或是祕密基地之類的事物。

幾乎一聲不響的腳步有種微妙的輕快感，而且似乎頻繁地東張西望，這些應該都不是她的心理作用。感覺得出來辛似乎在期待能有點小小發現，讓蕾娜輕聲笑個不停。

「要是能有所發現就太好了呢。比方說古代遺跡，或是海盜寶藏之類的。」

『這裡是內陸，而且這應該是地下鐵道的舊址，我想不會有那類東西吧。』

聽到蕾娜講得比自己還雀躍，辛似乎先是苦笑，接著停下了腳步。平常從不發出腳步聲的他，軍靴的堅硬蹬音「喀——……」地往遠處迴盪，那裡似乎是個相當開闊的空間。

隔著數百公里的距離與鐵幕，未曾謀面的少年，靜靜地倒抽了一口氣。

『…………如果視覺也能同步的話——如果能讓妳看見相同的景象，不知該有多好。』

不知道這個空間原本的用途是什麼。這個前方不遠處即已深陷黑暗，無從得知正確大小的廣大空間，放眼望去盡是琉璃色的隱微幽光。

天花板上開出的一個洞似乎通往地面，一道夏季的皓白天光細微地射入室內。可能是雨水累積成的，清澈的水面宛如地底湖般廣漠地蕩漾，向黑暗投射搖曳的藍色光影。原本看來是裝飾在此處的聖母像，在琉璃色的黑暗與皓白光線中嫻靜地微笑。

宛若走路無聲的死神，辛走向波光蕩漾的水面邊緣。

「……據說在東方的宗教當中，藍色是死者國度的顏色，蝴蝶則是所有文化對死者靈魂的共通象徵。」

藍色光影的來源，原來是沉於水底的無數發電子機型（Edelfalter）殘骸，碧藍蝶翼反射的光線。不知是以前被迎擊砲擊落了……抑或是此處，本來便是它們的葬身之處。

「不要再說了。」蕾娜口氣僵硬。聽到指揮管制官是如此地不願接受他人的——甚至是非人八六的死亡，辛微微一笑。

「嗯，我也並不相信這些。不過……」

他仰望著「那個」，「明知」天堂與地獄都不存在，仍懷著些許虔誠的心情瞇起了眼睛。

「如果是這個來迎接我走完最後一程，我會覺得或許也不錯。」

在波光蕩漾的琉璃色黑暗中，面帶微笑的大理石聖母像，受到一道皓白光線照耀，散發「白銀色」的光輝。

朽骨的劍尖

凍結於黃昏中的薄暮戰場，被不合季節的受難磔刑花（Passion flower）的藍色淹沒，靜謐得一如永眠。

這片冰冷的藍，冷卻了支配辛精神意識的戰鬥狂熱，讓他回過神來。

環顧四周，透過「破壞神」的光學螢幕看見的戰場，沒有任何動靜。只有悶燒的「軍團」殘骸倒在花海的空隙之間，或是連火苗也燒盡，靜悄悄地拋錨不動。敵人與活人的氣息早已消失無蹤，無邊無際的戰場，久已不受人類控制。

一瞬間辛以為自己又是獨自存活，但隨即想起沒那回事，搖了搖頭。

一同踏上特別偵察之行的同袍們，還沒有人捐軀。純粹只是投入戰鬥的過程中，與大家拉開了距離而已。

將意識轉向他處，在維持聯繫的知覺同步另一頭，感覺得到萊登在嘆氣。半帶傻眼的聲音說「快給我回來，你這笨蛋」。

「好。」辛簡短回答後切斷知覺同步，卻沒照自己說的做，下了「破壞神」。

日色漸暗，天空一時失去清澈的青藍色彩，變為金色夕暮之後再次昏暝，染上冰冷的藍。彷彿映照於天球之上，放眼望去盡是墜落破碎、散散落落的一地碧藍。

回頭一看，與他並肩作戰、一同走到這裡的「破壞神」歷經長期行軍與頻仍戰鬥，裝甲與武裝皆已破破爛爛、傷痕累累。與枯骨般的裝甲烤漆顏色合在一起，如今簡直跟無頭的朽敗白骨沒兩樣。

在偵察的初回戰鬥折斷後換上備用零件，現在再次折斷的高周波刀，鋒利的斷口反射著薄暮的暗沉光澤。

踏上特別偵察之行，不知道過了多久？已經走了蠻長的一段路。目前的所在地，大概也不在共和國過去的領土內了。

想起受人託付的那句話，他當下瞇起了眼睛。

就在這裡，那個指揮管制官……蕾娜她……

共和國首都貝爾特艾德埃卡利特的那片高層建築受到限制的遼闊天空，鋪展著入夜時分的冷暗青藍。

今天工作結束得比較快。蕾娜快步走在國軍本部柵門前的庭園打算回家，無意間停下腳步，仰望那獨特的琉璃般碧藍。

那是晚秋時節夕陽更早西斜，漫漫長夜將始的天色。是冬季——死亡季節將至的陰翳天空。

辛……先鋒戰隊的成員們，是否也在同一片天空下？又或者……

他們如今，身在何方？走了多遠？

就在這裡，今天自己抵達的這個地方，蕾娜是否有一天，也會追隨他們來到這裡？
太陽已完全消失在地平線後方，辛注視著昏昏沉入薄暗之中的藍色花園，兀自思考。
如同託付心願時說好的，在這場戰爭結束之後？抑或是在戰爭還沒結束時？
礫刑之花滿山遍野地盛開，展現它絢麗的碧藍。
本該朝天伸展的藤蔓，無依無助地匍匐於地，背負著架刑的十字架。
在毫無人跡、受到「軍團」支配的戰場不斷前進，持續戰鬥，早已不知道走了多遠。最近他偶爾會連自己是活著還是死了都分不清楚。這讓他痛切感受到，漫長的行軍與連日的戰鬥正慢慢磨耗掉他的某種部分。
即使如此。
——有一天，可否為我們送上一束花？
在他的背後，「破壞神」背負他那宛如在戰場朽爛的白骨，當成識別標誌的無頭骷髏徽章。
將士的白骨即使摧折，想必仍如刀槍般帶有銳利尖端。就像那樣……
對將來許下願望的，她的容顏……即使自己已被戰場磨耗殆盡，卻不會淡忘本來就未曾謀面的她。

小貓

聲稱共和國八十五區內沒有多餘生活空間能提供給理應也是共和國國民的八六，國民卻理所當然地還有能力養貓，不用仔細想也知道不合理。

一手拿著製造商標色彩鮮豔的高級貓食罐頭，蕾娜一時沉浸在奇妙的虛無感當中。

全境遭到「軍團」包圍的共和國，還能騰出寶貴資源在生產工廠合成這些貓食，放在店裡販賣。貓食的外觀與香味都設計得很像肉類，就這點來想的話，比她曾經聽說吃起來像塑膠炸藥的第八十六區合成糧食恐怕要高檔多了。

她不會反對國民養貓，即使如此照道理來講，優先順序難道不該倒過來嗎？

蕾娜感慨萬千地打開罐頭，把毫無意義地取名叫什麼醬什麼式，活像是一道料理的合成蛋白質裝進盤子裡。

「來，吃飯嘍。」

她蹲下去，把盤子放在窩成一小團睡在房間牆角坐墊上的白襪黑貓面前。

牠是辛他們先鋒戰隊養在隊舍的小貓。小貓為他們一去不返的征途送行，最後再由他們將最後的遺言與這隻很可能象徵了他們片刻安寧的小貓託付給她。

小貓興味索然地瞥了一眼放在眼前，不必要地做得過於精緻的貓食。

然後只差沒發出「哼」地一聲，把臉轉向了一旁。

看來合成蛋白質不合牠的意。先鋒戰隊的隊員們似乎會抽空去打獵什麼的，所以牠一定也能常常沾光吧。

或者……小貓不喜歡的也許是被人擅自決定，帶來牆內度過的生活。

由於母親強烈反對蕾娜飼養八六養過的骯髒動物，蕾娜不能讓這隻小貓離開自己的房間。而蕾娜白天忙著指揮與支援她現在負責的布里希嘉曼戰隊，沒太多時間陪牠，第一區又只有被除草劑與殺蟲劑澈底整頓過的「自然環境」，幾乎不會有蟲子或小鳥飛過窗外。

不像在先鋒戰隊隊舍的生活，能夠自由外出走動，還有吸引牠目光的昆蟲與小動物……最重要的是有很多家人陪伴牠，跟這裡實在差太多了。

「……對不起。大家都不在，你一定很寂寞吧。」

蕾娜摸摸牠蓬鬆柔軟的毛。蜷曲著的小貓睜開一隻眼睛，看不出心情好壞的三白眼往上看她一眼。

蕾娜也看著牠，有些哀傷地微笑了。

「我也是……大家都不在了，心裡好寂寞。」

自從送別先鋒戰隊的最後五人遠赴東部戰線的彼方，至今已經過了一段時日，然而每到晚上的固定時間，她卻仍然忍不住想啟動與他們的知覺同步。在每晚固定的時段，進行彼此只認得聲音的片刻交流時光。她不禁期待能夠再次聽到總是第一個回話的，那沉著冷靜的嗓音。

——辛苦了，管制一號。

辛……

如今，你已經走了多遠……

如今——已在何方？

力盡倒下了？沉沉入睡了？

就連這些都不得而知……讓蕾娜感到萬分寂寞。

原本任由蕾娜撫摸一身鬆軟皮毛的小貓，忽地站了起來，用臉磨蹭她的掌心。蕾娜一將牠抱起，牠就緊緊地依偎在蕾娜的胸前，幾乎只用氣息靜靜地發出「咪」一聲。

真的好寂寞。

感覺……牠似乎在對蕾娜這麼說。

「——是呀。」

好寂寞。

你不在了，讓我——心裡好寂寞。

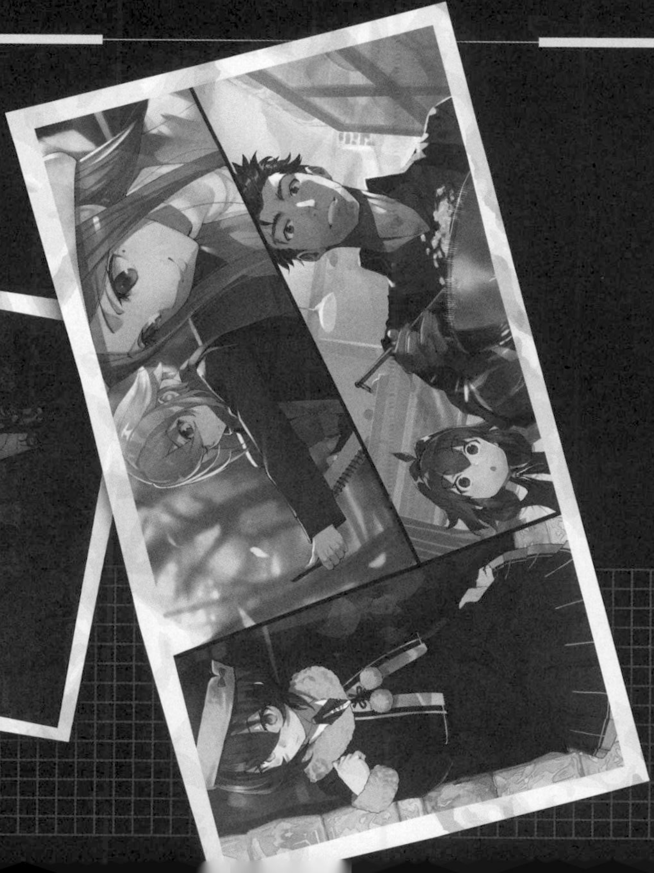

86 ALTER VOLUME ONE

EIGHTY SIX

The number is the land which isn't admitted in the country.

And they're also boys and girls from the land.

齊亞德聯邦篇

They spent their adolescence there, on the battlefield.

成長

過去對芙蕾德利嘉來說，用餐總是一個人的時光，所以現在雖然大家年紀比她稍長，但能跟一群年紀相仿的少年少女圍繞著餐桌，其實是全新的經驗。

文件上的養父恩斯特政務繁忙難得回家，女僕泰蕾莎在芙蕾德利嘉用餐時則是負責伺候她，不會同桌吃飯。在「來到這棟宅邸之前」也差不多。

因此……

「——汝等胃口也太好了吧！」

即使不記得每道菜的名稱，兒時吃慣了的滋味終究是一生難忘的回憶，因此這一星期以來泰蕾莎蒐集食譜練會了共和國的各種料理。現在眼看滿桌餐盤在瞬間被一掃而空，芙蕾德利嘉驚訝地睜大雙眼。

芙蕾德利嘉自己連一半都還沒吃完。看到她只顧著驚嘆而忘了要繼續動刀叉，早就猜到大家會有這種反應的恩斯特與泰蕾莎悄悄露出苦笑。

正值成長期的辛、萊登與賽歐不用說，安琪與可蕾娜雖然大概不會再長高，但女性身體的發育反而是從現在才要開始。再加上他們在嚴酷戰場度過極長的歲月，整體肌肉量比年紀相仿的少年少女更多。換言之就是基礎代謝率較高，需要的飲食分量也就更多了。

兩人早就想像到，他們大概會有這種食量了。

不如說……

泰蕾莎有點擔心地微微偏頭。

「各位吃這樣夠嗎？如果不夠，我可以再做兩、三道來。」

「噢……不會，夠了。很好吃。」

「哎呀，聽了真高興。謝謝你。」

聽到泰蕾莎與萊登的對話，芙蕾德利嘉滿臉的驚恐。

「且慢，莫非汝等有時候吃這麼多還不夠嗎……？胃口到底有多大啊……？」

可蕾娜伸舌舔掉嘴角沾到的醬汁，用鼻子發出哼哼聲。

「不吃這麼多會長不大喔，小不點。」

「唔。」芙蕾德利嘉依序看向可蕾娜與安琪，接著是自己……的胸部。

的確，差異一目了然。

很大、還算大……………………………………………較為含蓄（委婉形容）。

「……可真是如此？」

賽歐沒禮貌地托著臉頰。

「是說妳在看哪裡啊，人小鬼大耶。」

「汝說什麼——！」

「芙蕾德利嘉，吃飯時不要站起來。」

恩斯特的叮嚀沒人理會。

「汝怎能說余人小鬼大！余現年已經九歲，已然是能獨當一面的淑女……」

「完全就是個小鬼頭吧。」

「哎……我懂妳的心情，不過現在就要擔心這個或許太早了唷……」

「還沒開始長高就勉強添飯，應該只會發胖吧。」

連辛都用平時那種淡定口吻加入戰局，讓芙蕾德利嘉握緊雙拳亂揮一通，原地跺腳。

「唔！可惡的東西，竟敢當著淑女的面說出最不該說的話……！」

「就在問妳誰是淑女了啊，裝成熟的小鬼頭。」

「汝說什麼——！」

芙蕾德利嘉氣得尖叫，幾個年輕人像是任由小貓抓抓咬咬似的，逗她逗得更加起勁。

看到這和平又吵鬧的餐桌景況，恩斯特瞇著眼睛撕開聯邦特有的、很有重量感的黑麵包。

「……看來他們應該會處得很好喔。」

「您說得是。」泰蕾莎如此回答，聲調也罕見地帶點笑意。

兄妹

「——嗚，辛耶，汝且慢。」

聖誕祭即將來臨，聯邦首都聖耶德爾中心街的百貨公司人潮洶湧。芙蕾德利嘉講出這句話，於百貨公司門前廣場的市集一隅駐足，不想在人群中走散弄得更麻煩而跟她牽手的辛也停下腳步。

擺滿手作小物的攤販裡，一隻大熊布偶抓住了小女孩的目光。

……應該是熊吧？只是不知為何縫在上面的眼睛有一隻露出縫線，還有一隻耳朵故意縫得缺了一角。

該怎麼形容？就好像是故意做到剛剛好讓人覺得詭異的程度。

「雖然還有點早，要不要買給她當作聖誕祭的禮物呢？您的妹妹這麼可愛，我可以附贈小禮物喔。」

一位像是店主、線條纖細戴著眼鏡的女性笑容可掬地說。事實上芙蕾德利嘉與辛並沒有血緣關係，但因為同樣有著黑髮與血紅眼瞳，別人看到似乎都以為他們是兄妹。

「哥哥，人家想要那個嘛～」

芙蕾德利嘉轉過頭來，配合著亂演戲。還不忘含著食指抬眼看人。

辛一面心想「又學到怪招了」，一面又覺得她自己愛演又怕羞，開始變得面紅耳赤渾身發抖的模樣挺搞笑的，於是買下了那隻怪怪熊。

芙蕾德利嘉抱著店主剪掉價格標籤的布偶享受絨毛觸感，整個人開開心心的。

「哼哼，想不到汝這麼好騙。」

「那招妳是從哪裡學來的？」

明明就是個需要像這樣有人陪，才能外出購物的深閨千金。

「蠢材，汝莫不是把余當成了與隨處可見的幼稚孩童一樣，看到時下流行的動畫只會興奮尖叫吧？」

不管怎麼看都覺得她每天就是盯著那些動畫興奮尖叫而已，好像都看不膩似的，但辛懶得吐槽所以左耳進右耳出。

芙蕾德利嘉自鳴得意地挺起胸脯。

「余看那些是在做功課。這樣跟平民百姓來往才不會做出會令人懷疑的……」

她不說話了。

「令人懷疑的……呃……」

好吧，無論講話口氣有多高高在上，畢竟還是個九歲小孩，語彙能力尚待成長。

等了半天她都沒想出答案，於是辛幫忙提詞。

「舉動嗎？」

「喔喔，對對對……汝沒有故意壞心眼教余錯誤的用詞吧？」

她還在為了以前被辛捉弄的事記恨。

「我不是有買字典給妳嗎？不信的話就自己查。」

「……都什麼時代了，汝為何還給余購買紙本，而且似乎是重量最重的版本……」

辛之所以特地到舊書店找來一本大到芙蕾德利嘉的小手拿不住的字典，當然是故意鬧她的。

芙蕾德利嘉氣得尖叫一頓之後傷透腦筋的模樣讓萊登看不下去，後來又買了一本口袋本給她，所以沒問題。

芙蕾德利嘉先是把布偶緊緊抱住到怕會把它勒死，然後嘆一口氣。

「真是……汝有些地方真是莫名其妙地幼稚……」

一個真正的小朋友沒資格這樣說他。

也許是聽到不合時宜的講話方式覺得不應該，辛眼角瞄到一位老爺爺擦身而過時轉頭看她，便說：

「不想令人懷疑的話，妳可以平常就像剛才那樣講話啊。」

「嗚。」芙蕾德利嘉皺起眉頭。

「余剛才那樣是出於需要。要是平常就用那種撒嬌依賴的語氣講話，豈不是傻子一個？」

「但我覺得平常不用的話，真有需要時也講不出口吧。」

辛一說，讓芙蕾德利嘉陷入了奇妙的沉默。

「──若是拋棄幾件形塑汝的事物，汝是否依然是汝？」

「……？」

「講話的遣辭用句也是余的一部分。這沒有那麼容易捨棄，最重要的是余不願捨棄余的本質。」

她將下巴埋進大熊的頭頂靜靜地說，血紅色的大眼睛沒看著辛。

「雖不願捨棄……但需要配合社會風氣的時刻遲早會來臨。人只能活在人群之中。假若不合群就會被排擠，是汝的話會選擇哪一邊？」

「…………」

辛一時無言以對。

雖然無言以對，但他隨即想起一開始的話題是什麼，低頭看著芙蕾德利嘉高度比他還低上許多的髮旋。

「跟人要一隻布偶，就是必須配合社會風氣的時刻嗎？」

這次換芙蕾德利嘉沉默了。

辛一邊看著她的臉漲得愈來愈紅，一邊淡定地落井下石。

「還有，誰是妳哥哥了？」

「唔……吵死了，休得囉嗦！斤斤計較的男人會被嫌棄，知不知道！」

她雙手亂揮開始抓狂，因此辛一把抓住她的小腦袋瓜往旁推開。

如此一來由於手臂長度差距的關係，芙蕾德利嘉的拳頭完全打不到他，但今天多了一隻布偶使得攻擊距離比平時長了一點。大熊的腳像上勾拳似的往上一甩，他脖子一歪躲開。

「……小心甩到手臂斷掉喔。」

「斷掉的話汝再幫余縫回去便是了！余要用畫面的破壞力讓萊登他們笑破肚皮！」

幼齡少女特有的尖嗓音在極近距離內大爆發，吵死人了。辛繼續按住芙蕾德利嘉的腦袋，輕聲嘆了口氣……

在聖誕祭將近的歡快街道上，路上行人帶著溫馨的微笑，旁觀兩人這種在他們看來只像是感情融洽的兄妹打打鬧鬧的模樣。

購物

「——萊登，余想去購物。」

看到芙蕾德利嘉的黑髮上戴著一小頂貝雷帽，身穿柔瑰粉色蕾絲洋裝，揹著毛茸茸的白貓小側背包，用這一身可愛的外出打扮這樣拜託，萊登從原本躺著的客廳沙發上坐起來。周圍有其他夥伴各自度過悠閒的午後時光……應該說有點發懶，簡而言之就是大家這時候都閒著沒事做。

來到聯邦首都過了半個多月，不用戰鬥是很輕鬆沒錯，但這種時間會讓萊登有點閒得發慌。

「購物？」

「唔嗯。擔任護花使者的榮譽日前先賜給辛了，今天就賜予汝吧。」

看來讓人帶她去購物，翻譯成芙蕾德利嘉的語言就會是這樣。

聽到她那不必要地高高在上的口氣，一如往常正在看書的辛微露苦笑，萊登則是拿她沒轍地用鼻子舒一口氣。

「好吧，反正我也閒著沒事……所以，妳想去買什麼？」

「唔嗯。」芙蕾德利嘉不知為何喜形於色。

「余要去買胸罩！」

啥？萊登驚愕到下巴差點脫臼。

背後的辛差點爆笑出來死命忍住，咳出奇怪的「咳呵」一聲。

他隨即摀住嘴巴轉向一邊，似乎是因為需要拚命憋笑的關係。

芙蕾德利嘉好不得意地挺起單薄的胸口。

「最近漸漸看出成長的跡象了，而且順利到余自己都覺得害怕。照這個速度下去，明年就會變得猶如豐饒女神了。」

「…………」

很遺憾地即使扣除冬衣的厚度，仍然只是一塊讓人心想「咦？有嗎？」的洗衣板。

「不，目前應該還不需要吧……不對。」

但就連在極度嚴苛的第八十六區戰場存活下來的萊登，要說出真相也殘酷到令他難以啟齒。

「妳也未免太沒社會常識了吧。這種事情應該去找安琪或可蕾娜──」

「哎呀，你叫我嗎？」

看暫時離席的安琪剛好回來了，萊登正要解釋狀況……

但辛搶先一步說道：

「安琪，要不要去買東西？我幫妳提袋子。」

「咦，如果是那樣就幫我一個大忙了，不過怎麼這麼突然？」

「別問了。」

他就這樣推著安琪的背往走廊走去。

可蕾娜來不及說「我也一起去」，正急得不知道該不該跟去時，賽歐拉起她的手跟著兩人離開房間。

「那可蕾娜就跟我一起去吧。不過可蕾娜，碰到剛才那種狀況一定要立刻說『那我也一起去！』才行喔。妳就是這樣才會老是被當成妹妹看待。」

「才、才不是你說的那樣！我才沒有那個意思！」

「是是是。辛！難得有這個機會，不如四個人一起去看電影怎麼樣？那部片叫什麼來著？就是看不太懂在拍什麼總之好像很悶的那部。」

「你說那部莫名其妙的紀錄片嗎？可以啊。雖然應該好看不到哪去。」

「……為什麼明知道會很悶還要特地去看？還有萊登跟芙蕾德利嘉呢……？」

安琪疑惑的吐槽似乎被簡單帶過，四人的對話聲逐漸飄遠。

一不小心愣在當場的萊登，這時才猛地回神。

眼前是兩眼閃亮對未來抱持期待或者希望之類的，恐怕絕不會打消購物念頭的芙蕾德利嘉。

走廊的另一頭傳來轉開大門門鎖、門扉開啟後鉸鍊發出的嘎吱聲。

「——給我等一下！喂，辛！」

聽見的只有大門門扉無情關上的聲響。

五分鐘後——

聽了辛公布謎底的安琪火速趕回來，萊登因此躲過了一劫。

徒步範圍

值得慶幸的是，辛等五人似乎意外迅速適應了在聖耶德爾的生活。

恩斯特隔著打開的報紙，望著人數忽然多出一倍以上變得更熱鬧的自家客廳，暗自心想。

話雖如此，被困在強制收容所與戰場上度過太漫長的歲月——無從接觸和平的文明生活，導致他們對事物的感受多少有點……不，是相當奇特。

「啊，那個白痴總算接聽了——喂，辛！你現在在哪裡啊！門禁早就過了好嗎！」

「萊登，你好像媽媽喔。」

『……你是我媽還是什麼嗎？』

可蕾娜偷笑做出的吐槽，與開啟擴音模式的通訊另一頭辛所發出的厭煩聲音，差不多同時傳來。

晚餐時間還沒到，這裡是自家的客廳。為了讓他們恢復慢慢享受用餐樂趣的習慣，故意設定得較早的門禁時間已經過了，其他四人都已到齊，唯獨辛還沒回來。泰蕾莎在廚房一面為他擔心一面忙著處理晚餐的最後部分，餓著肚子影響到心情的芙蕾德利嘉窩在沙發一角，緊緊抱住前幾天辛買給她的布偶生悶氣。

「要你們管啊。」萊登咒罵一句之後重問一遍：

「所以，你到底跑到哪裡去了？」

『戰歿者紀念館。』

…………………………為什麼？

沒人理會忍不住放下報紙的恩斯特心裡的疑問，兩名少年繼續交談。

「所以才把行動終端關機啊。」

紀念館具有公墓與博物館的性質，在館內關閉終端電源是一種禮貌。

『是啊。我在圖書館找到滿有趣的紀錄，又提到戰歿者紀念館有展示相關資料，一問之下認識的圖書館員跟我說地方不遠，就想說過來看看。』

辛說的圖書館應該是帝都中央圖書館，如同名稱所示位於首都的中心街；戰歿者紀念館雖然位於首都偏郊外的位置，但有公車路線行經這兩個設施，就體感來說不會太遠。

『來了之後就順便看看其他館藏，結果有位陌生的老先生主動跟我說話。』

「你是學生啊？哎呀，假日還到這種地方來真讓人欽佩呢。話說這場戰鬥其實我也有參戰……」云云。

然後就聽老先生講他的當年勇，一直聽到現在。

聊到一半還轉移陣地到館內咖啡廳，讓老先生請他喝咖啡配點心，不知為何聽到一半還有策展人等等加入旁聽，老兵也就愈講愈起勁。

萊登變得一臉厭倦。

「……不是，你不會找個適當時機走人啊。」

『因為老先生分享的內容還滿耐人尋味的。不愧擔任前線人員直到退伍，聽了很有收穫。不過截至退伍打倒的敵軍人數，每次提到就愈變愈多，滿好笑的就是了。』

最後是咖啡廳的店主說：「老先生，夫人在家裡等你等得不耐煩了吧。同學，時間很晚了該回去嘍。你們這些館員都不用工作的啊？」委婉地趕人，座談會才宣告閉幕。

「所以才搞到這麼晚？」

『抱歉……我會儘快趕回去，幫我跟泰蕾莎說聲不好意思，害她要再忙一遍。』

隱約聽得見踩踏鋪石地積雪的沙沙聲，看來他已經出了紀念館。帶有軍人作風的快速步調，跟進行曲有著相同的拍子。

話雖如此，在紀念館前可以搭公車，再慢也就一小時吧。恩斯特正這麼想時，通話另一頭的辛若無其事地說道：

『大概會花個三小時吧。開始下雪了，可能會慢一點才回到中心街。』

「也是……從那邊走回來可能真的要這麼久。收到，我們先吃了。芙蕾德利嘉已經餓到不開心了。」

「不是，麻煩等一下！」

恩斯特忍不住插嘴，使得包括萊登在內的五人詫異地轉頭看他。辛人在通話的另一頭所以這麼說或許有語病，但給他的感覺顯然就是那樣。

恩斯特不理他們，急著說道：

「那座紀念館旁邊就有公車站！搭公車！現在是離峰時段，不過大概十五分鐘就會來一班了！」

出現了一小段空白。

『……還要找公車站，太麻煩了。』

「走三小時都不嫌麻煩了為什麼沒耐心花幾分鐘找公車站啊！不知道在哪裡就回紀念館問館員！應該說你走回去就會看到了就在眼前啦！」

辛從通話另一頭傳來「這麼麻煩……」的氛圍，但似乎還是聽話沿原路走了回去。踏雪聲響停了一下，然後再次沙沙響起。

「辛，你該不會是從圖書館徒步走到紀念館的吧……？」

『是啊。』

「路邊不就有一堆公車跑來跑去嗎！都沒想過要搭公車嗎？你們來到這裡的時候，我不是有跟你們說過居住在首都的民眾可以免費搭乘嗎！」

『……喔。』

看來是想都沒想過，也忘了他說過的話。

『我只是一時興起過來看看，個人認為算在稍微出遠門的範圍內。』

「如果不是走路的話就算！徒步三小時不能稱為小散步啦！」

對。

他們經年累月被困在只有叫做「破壞神」的劣質機甲可用的戰場上，交通工具只有「破壞神」與徒步兩個選項。而「破壞神」已經丟失在「軍團」支配區域，因此目前他們的交通方式無可避免地只剩下徒步。

他們腦中從來就沒有搭乘公車或電車等大眾交通工具的概念。

然後經過長期只能徒步移動的生活，他們的腿腳比一般聯邦公民更強健，「徒步範圍」也就更廣大。剛來到聖耶德爾的那段時期，負責帶路的秘書官陪著說「我想去散個步」的安琪外出，結果被迫一路走到聖耶德爾郊外，還爬了一座小山。

最後聽說秘書官（二十五歲男性）在山頂附近累癱，安琪愣愣地低頭看著他手撐在雙膝上氣喘如牛。

有體力不是壞事。據說走路對身體很好，很高興他們這麼健康。

只是，把走路三小時說成徒步範圍，怎麼想都會在今後造成各種問題。

「走個一站距離什麼的可以！但是如果更遠就請搭乘大眾交通工具！最起碼騎機車或腳踏車也行！」

應該說萊登明明就有兼職做機車送貨，真希望他能第一個認清徒步移動這麼長的距離很不合理。

恩斯特希望萊登能有這份認知，遺憾的是萊登也同樣詫異地看著他。

『特地走到車站很……』

「就說了！比起走上幾小時，走去車站不是比較省時嗎！——哎喲，真是！」

從頭聽到尾的芙蕾德利嘉瞠目結舌的樣子還沒恢復過來，廚房則傳出泰蕾莎收拾摔破的盤子碎片的聲音（賽歐注意到了，拿著掃把去幫忙）。恩斯特覺得頭好痛。

真是夠了，只能說共和國那些傢伙實在罪不可赦。

「等兩國恢復了外交關係，我可不可以去把共和國大總統還是誰揍一頓？」

就連這點小小的價值觀，都被那些人嚴重扭曲成這樣。

巡邏任務

穿在野戰服外的防彈護甲又厚又重，但也只夠勉強抵禦飛散的砲彈碎片，面對破壞力更強的步槍彈毫無幫助。對於不堪一擊的人類來說，矛盾對決在現代永遠是矛占上風。

更別說如果持矛者——持有熱兵器的不是人類，就更別提了。

「——快跑快跑快跑！停下腳步就等死吧，你們這些小鬼！」

在棄守已久的廢墟都市裡，少年少女被教官的怒吼追著跑，一臉拚死拚活的神情衝過風化變質的水泥瓦礫堆之間。

穿著的都市迷彩野戰服是聯邦正規軍已經不用的舊款，由於預算不足，這些特別軍官學校的學生只能拿淘汰品來用。參加練膽量的巡邏演習不會穿聯邦軍主流的裝甲強化外骨骼（Armored skeleton），而是故意用舊式步兵裝備上戰場。

踏上絕不可能與「軍團」開打的——「理應」安全的戰場。

相較於超過十噸的戰鬥重量，極輕極微到宛如骨骼互相摩擦的驅動聲，滑順地穿梭於廢墟建築物之間逼近他們。

位於機體下方的複合式感應器目光炯炯地朝向逃跑的背影，兩挺泛用機槍轉來掃射。強大的

七．六二毫米彈輕輕鬆鬆射穿防彈護甲，入侵體內後縱向翻滾，在脆弱的人體內部完全釋放彈體動能，擊倒對象。

「嗚哇！哇，哇……！」

在跳彈與水泥碎塊的彈跳軌道之間，尤金連滾帶爬地逃出了斥候型的機槍子彈散布面。他那被掃射追趕到手足無措、抱頭鼠竄的動作講得再客氣也還是很難看，但他當然沒多餘精神去在意那些。

「——尤金，這邊。」

「軍團」似乎已遍布整座廢棄都市。遠近各處轟然響起泛用機槍的叫喚與突擊步槍回擊的槍聲，以及狂躁的怒吼與慘叫；但那平靜的嗓音卻堅定嘹亮地貫穿一切噪音。尤金忘我地往那邊望去，看到一個同樣穿著野戰服的細瘦身影從瓦礫堆暗處對他招手。

同期生每個都是一身沾滿塵土的野戰服與頭盔，又都是年紀相仿的少年，因此體格也相似，現在已經無從分辨誰是誰了；但不知為何尤金唯獨認得出這個人就是「他」。

防塵護目鏡的底下，有著一雙冰冷淡漠的血紅眼瞳。

「……辛！」

「快點，斥候型要來了。」

他在辛的催促下撲進瓦礫堆暗處，接著又被辛抓住手臂往更裡面拖，下個瞬間斥候型的掃射迅猛掠過剛才的位置。

眼見一個呼吸之前才剛跑過的街道……一瞬間自己原本所處的位置被機槍子彈掃成蜂窩，全身血液隨著一股寒意凍結。

與尤金形成對比，辛正在替似乎沒了子彈的突擊步槍換彈匣，即使身處於這種狀況，依然鎮定到了異常的地步。

就像是一個人碰上陣雨那樣，辛淡定地抬頭看天空。

「才覺得偶爾怎麼有敵機散開的速度比平時移動得快，原來祕密藏在這裡。」

斥候型與反人員型自走地雷「從天而降」。

斥候型是張開六條腿降下的，自走地雷則是像野獸般手腳著地。它們在藍天中拋棄分離的降落傘，伴隨著地鳴與漫天煙塵降落地面。然後用「軍團」特有的、幾乎一聲不響的機動動作開始推進。

「好吧，畢竟火砲早就能把將近十噸重的砲彈射往十幾公里外了，它們這麼做雖然亂來，但的確不無可能。是搭載在飛彈還是什麼上面進行空投嗎……假如是用蒸汽或電磁彈射器丟過來的話，想想還滿搞笑的。」

辛甚至還有點傻眼地在嘆氣。尤金忍不住對他吐槽：

「辛！喂！現在不是冷靜分析這些的時候吧！」

「這樣已經算不錯了。至少如果隊形散開的方式跟我猜的一樣，就不至於投射近距獵兵（Grauwolf）型或戰車型。假如只有自走地雷與斥候型的話，要撐過這個數量的攻勢還有辦法。」

辛邊說邊把血紅視線轉向側面，同時將突擊步槍的槍口轉過去開槍。一個企圖從瓦礫暗處偷偷逼近的人形身影，被他準確射穿胸部倒下。僅一瞬間看到的臉孔只是顆沒有眼睛、鼻子與嘴巴的球體。是自走地雷。

槍聲只有一發。他既不像四處勉強應戰的夥伴們那樣用全自動射擊亂撒子彈，也不對脆弱的自走地雷用上火力過剩的三連發，而是使用後座力強、難以運用的七．六二毫米突擊步槍一槍擊倒。

「……如果能跟其他人聯手的話，要打倒這個數量也不是不可能。但看起來沒人有那能力，從狀況來說似乎也不需要逞強造成更多人傷亡。」

辛平心靜氣地說。尤金茫然回看著眼前這個人。

「……辛，我問你。」

「什麼事？」

「你為什麼……這麼熟練？」

面對戰場，對付強大無比的「軍團」，血肉之軀照理來講無法與之抗衡，卻可以如此熟練。他應該跟自己一樣是特別軍官學校的軍官候補生……同樣都是今天初次上戰場的新兵才對。

辛用他平常那種淡定的眼神看看尤金，然後聳了聳肩。

「回去再講。」

意思是：我們會活著回去。在這對尤金而言等於是站在死亡邊緣的戰鬥中，他簡直像是不當一回事似的平靜，講得理所當然。

就像個早已慣於戰鬥的戰士或死神，遊走生死關頭不過是日常生活的一部分，所以只覺得理所當然。

怪物外殼的底下

到頭來，在這場討伐電磁加速砲型（Morpho）的大型作戰當中存活下來的，部隊裡包括自己在內只有十幾人。

黑框眼鏡鏡片裂開變形的砲兵部隊指揮官，懷著羞愧的心情走在為了救援共和國，正在搭建橋頭堡的喧鬧人群之中。雖說每個部隊的情況都大同小異……

他從宿營一隅認出熟悉的臉孔，走上前去。

「機甲隊的，你也撿回一命啦？」

「對，『我好得很』。」

聽出他話中有話，指揮官停下腳步。不用多看一眼也知道，每次作戰結束後時常跑來騷擾他，弄得他煩不勝煩的年長隨伴步兵指揮官不見人影。

年輕的機甲部隊指揮官，對著他前一刻還用複雜的眼神望去的方向，繼續用複雜的神情揚了揚下巴。

「假如『那幫人』也好得很的話……我本來想去罵個一句：『都怪你們沒有快點打倒那頭怪物』。」

就在不久之前，才剛發生過這段插曲。

「……嗯？」

在極光戰隊分配到的區域一隅，看到菲多蜷縮起它的龐大身軀，讓萊登停下腳步。正確來說是看到待在菲多身旁的細瘦身影。

在那菲多擋住陽光形成陰影的位置，辛靠著被秋日陽光烘暖的發黑貨艙，發出細微的鼾聲。

這傢伙真是……萊登頓時一陣虛脫。

作戰結束後，透過知覺同步通話的辛澈底擺脫了以往那種危險脆弱，萊登完全猜不到他是怎麼了，總之大概是自己整理好心情了吧。可能是因為這樣讓辛變得有點失去緊張感……再加上這幾天的行軍疲勞與早先戰鬥的極度專注，讓他一不小心竟睡著了。

他自己可能以為只是喘口氣。但在這陽光普照的大白天，雖說是在自軍的宿營內，看到他這樣毫無防備地熟睡實在讓萊登忍不住要嘆氣。

……不過好吧，大家的確都累了，現在天氣又這麼好。而且萊登與戰隊其他所有人員都弄壞了「破壞神」，所以目前大家都閒得很。

趁能休息的時候趕緊休息，或許也是一種備戰的方式。

「菲多，我也來借個角落吧。」

「嗶！」

「啊——！菲多我也要，我也要——！」

「哎呀，好好喔，竟然在睡午覺。菲多，也讓我加入吧。」

「我也來睡一下好了……菲多，那邊還有空位嗎？」

「……哎呀？」

從陣地後方名副其實地飛來的整備班正在全力以赴修理「破壞神」的時候，在一旁看著的葛蕾蒂注意到有個小小人影經過旁邊，轉頭去看。

一看，芙蕾德利嘉用她那嬌小個頭抱著好幾條軍方配給的毛毯，吃力地走去。

「怎麼了？抱著這麼多東西。」

「噢，是葛蕾蒂啊。很高興汝平安無事……這沒什麼。」

質地細密的毛毯頗有重量。即使沒力氣的纖瘦手臂簌簌發抖，芙蕾德利嘉仍略顯得意，又像是稍微感到放心般聳了聳肩。

「只不過是覺得這些哥哥姊姊啊，還真是需要人照顧罷了。不需要麻煩到汝，不用在意。」

砲兵部隊指揮官望向機甲部隊指揮官指出的方向，頓時無言以對。

在一架型式陌生，應該是運輸用的無人機形成的陰影下，五名不比十五歲大多少的少年少女，互相依偎著入眠。

大概是累壞了吧，周圍的喧囂完全沒有吵醒他們。可能是某人給予的關懷，每個人身上都歪歪斜斜地蓋著毛毯，仔細一瞧，像是他們部隊吉祥物的一名少女，跟五人正中間的黑髮少年蓋著同一條毛毯睡得香甜。

這幾個少年兵說穿了，根本就還是小孩子……

而他們，竟然讓這些孩子背負起聯邦——人類的未來……

「雖然早就聽說是一群小鬼……結果哪有什麼，真的就只是一群小鬼頭。」

哪裡是什麼共和國來的怪物。

機甲部隊指揮官打了一個寒顫。他低下頭去，隱藏內心湧起的某種情感。

「真是可惡。看到這種場面，我還能說什麼啊……！」

因為這讓他澈澈底底體會到，講那種話完全是怪錯對象……

沉睡的少年少女當然沒對這句話做出反應，只有用光學感應器對著他們的無人機發出不知代表何意的「嗶」一電子聲音。彷彿一隻大型犬當飼主家裡的幼兒靠在自己身上睡著時，心平氣和地制止他人靠近那樣。

砲兵部隊指揮官回望著它，開口說道：

「機甲隊的，我們走吧。這次作戰的最大功臣是他們，不能打擾人家休息。但是下次……下次一定要告訴他們，我們不需要你們的幫助。我們一直以來都在為此努力，今後也會繼續奮鬥。」

「……嗯。」

機甲部隊指揮官仍然低著頭，淡然地笑了。

「你說得對。下次一定要……告訴這些小鬼，小孩子不要強出頭。」

死神 meets 白痴老哥&古板的親戚大哥哥

季節分明都要入冬了，遍地卻盛開著春意盎然的金黃色油菜花，自己這時應該正在被棄守的市區戰鬥，現在卻跑到了藍天無限開闊的一處平原來。

在這風和日麗過了頭的景致當中，兩架報銷的鐵青色巨大機影穩如泰山地端坐在正中央。

「……辛，你怎麼了？臉色這麼難看。」

總高度足足有四公尺。本身就能作為凶器的重量級車身具備嚇人的一五五毫米戰車砲，重戰車型(Dinosauria)用流體奈米機械長出銀色手臂動來動去，如此說道。

「辛耶，你是身體出狀況嗎？健康管理是戰士的基本功，跟我打完那一仗就把自己搞得太鬆懈了吧？諾贊的名號在哭泣啊。」

這次換成更為巨大的總高度十一公尺、全長四十公尺，背上揹著八〇〇毫米磁軌砲的電磁加速砲型接下去說。

這是在搞什麼？

不理會內心暗自吐槽的辛，兩架「軍團」用不合外觀、一團和氣的語調繼續跟他說話。不知道是白粉蝶還是什麼輕飄飄地飛過一人兩機之間。

「這方面的話題，當年我都還沒跟辛聊過耶。因為百分之八十都是爸媽在曬恩愛蠻煩的。」

「這種事應該跟他說清楚吧……失去令尊與令堂，而且還不知道父母親的家世背景，等於是被人奪走一個立身之本。」

「說得也是。那就……」

重戰車型興沖沖地轉過來（大概）正準備要說什麼，辛直接打斷他說道：

「哥。」

「嗯？」

「可以拜託你至少用生前的模樣出現嗎？」

「這樣說我就為難了……我現在這樣，就某種意味來說也是生前的模樣啊。」

真希望他別把剛死趁新鮮取出的腦子，而且還是複製品算進「活著」的範圍內。

「我現在年紀都被你追過了耶。明明原本比我小四歲，想到就氣。」

誰理你啊。

「這樣實在很難講話，而且脖子很痠。我不知道該看著哪裡說話。更何況既然都完全死透了，你就不用再出來了沒關係。」

「哥哥擔心可愛的弟弟嘛。」

「不要再出來了。」

聽辛講得不留情面，雷似乎感慨萬千地嘆了一口氣。

「……以前明明還喊著哥哥、哥哥的跟在我後面跑，現在卻變成這樣，以前的天真無邪都到哪去了啦。」

「你以為是誰造成的？」

挨了一記百萬噸級的反擊拳，雷沮喪地低下頭去（砲身與車身壓低到最大俯角）。

齊利亞無奈地嘆了口氣，應該吧。電磁加速砲型宛如一對巨大長槍的砲身上下搖動，發出嗡嗡破風聲。

「好吧……作為一個哥哥，我能體會你擔心弟弟的心情。」

「對吧？我弟弟很可愛吧？羨慕吧？不給你喔。」

「我也不要。更何況那都是你自己在講吧。我就直話直說了，他根本一點都不惹人疼。」

「會嗎……我覺得他剛才那種冷淡態度也很像是年輕男生會有的反應，滿可愛的啊。說到這個，齊利亞你其實也會這樣耶。該說你很愛耍帥逞強嗎？」

「…………當初真應該拿你當試射標靶的…………」

「哈哈哈，辦不到啦。我那時的指揮官機階級比你高。」

「嘖……」

一個是笨蛋哥哥本色展露無遺講到原地融化的重戰車型，一個是對此直接回以煩躁反應的電磁加速砲型。

只能說氣力被全部扣光，或者是光看都嫌累。

辛看了這一小段時間已經被搞到厭煩透頂，說道：

「……哥。」

「嗯？怎麼了，辛？」

「我可以起床了嗎？」

「噢，好。今天也要加油喔。」

「公主殿下就拜託你了。小心別讓自己受傷啊。」

只有隨著景象一同消失的最後瞬間，身穿沙漠迷彩野戰服與紅黑雙色軍服的人影朝著自己揮手，坦白講讓他一肚子火。

睜開眼睛，就看到兵員宿舍用避難所模組冰冷的天花板。這種折疊式的居住空間可以用卡車大量運送，而且打開搭建僅需幾名兵員的人力。

由於同樣都在共和國救援部隊屬於同一個部隊，住同一間宿舍的萊登探頭進來說：

「……作惡夢了嗎？你好像在呻吟。」

「我想也是。」

辛從簡易床鋪上坐起來，按住並沒有睡過頭卻痛得很的腦袋回話。真是夠了。

要不是他們用那種胡鬧的方式登場……特別是哥哥，他本來有很多話想講的。

匍匐飛行的大鳥

該說不意外嗎？「尼塔特」似乎搞到整架報廢了。

「……不過葛蕾蒂似乎很有幹勁，已經在準備要求建造二號機了。」

許久沒回來的第一七七師團基地的機庫，後方大開的鐵捲門，不會再有機會迎接主人歸巢。

聽到芙蕾德利嘉看著那空虛的黑暗空間這麼說，辛陷入短暫沉默。

總覺得那位中校，雖然人不壞……

「但我覺得那種東西就算再做一架，應該也用不到了吧……」

使用條件太受限了。

應該說真希望她別忘了，那東西本來就不該用在陸地上。

「上頭應該也不認為值得再花經費製作吧。況且聽說製造設備也早就沒了。」

「首先名稱就取得不好，竟然拿那種拖著自己影子爬行的吸血鬼……死人的名字來用。一架必須上戰場與死亡打交道的軍武，取那種名字太晦氣了。」

「…………」

如果要計較這點的話，「女武神」其實也是在戰場中收割卓越戰魂作為戰神軍力的告死女神（瓦爾基麗）

之名。

「破壞之杖」是毀滅世界的巨狼別名，裝甲強化外骨骼「狼戰士」則是冠有狂戰士之名，該怎麼說聯邦軍武的命名品味呢？會讓人覺得作為護國兵器的名稱似乎不太恰當。

雖說拿「破壞神」——以救濟名義輾死信徒的異形神祇名號來用的共和國，也沒好到哪去就是。

「關於名稱，在試作階段好像還有其他備案喔。」

回到基地後，整備班長拿出當時的資料給他看過。

據說將這份企畫推銷給軍方的，是當時的軍用飛機製造商ＷＨＭ——維契爾＆海因里希發動機公司董事長，也就是葛蕾蒂的父親……該說父女倆都有點那個還是怎樣嗎？

「哦？順便問問，是什麼樣的名稱？」

「五百羽野八咫邇八雲乃御真鳥。」

中間隔了一段空白。

「真喵……什麼來著？」

「五百羽野八咫邇八雲乃御真鳥。」

「八隻兒，八魚奶……」

「五百羽野八咫邇八雲乃御真鳥。」

「五百游，把……唸得出來才怪！這什麼鬼名字啊！」

「就是因為會像妳這樣舌頭打結，所以那時就說不適合當成軍用飛機的名稱。」
就算說在作戰當中會用呼號稱呼，也還是不行。
「余倒覺得汝真厲害，居然講這麼多遍都不會打結！」
「我自己也覺得很驚訝。」
而且因為是其他語區的名詞，連要在哪裡斷句都不知道。
「據說原本是極東某個傳說還是小說中一隻大鳥的名字。雖然拿這種匍匐飛行的大鳥來命名是很貼切，但好像因為典故太冷門的關係，結果還是被駁回了。」
「根本是提出此種名稱之人自己的喜好嘛……也未免太公私不分了吧……」
看到芙蕾德利嘉一臉傻眼，辛淡然地對她聳聳肩。
這個難叫又難唸的大鳥名稱當時在開發部門被駁回的理由，還有一個。
「還有就是如果拿它作為制式名稱，絕對會有人故意讓吉祥物魚兒奶喵的亂喊當好玩。」
「……！那不就是汝剛才的所作所為嗎！不如說汝從一開始就是存心使壞吧！」
那還用說嗎？
看來芙蕾德利嘉總算發現辛從剛才就在憋笑了。辛低頭看著她那氣得炯炯發光、跟自己同樣呈現血紅色的雙眸說道：
「那就順便請妳再來一遍。」
「我把語耶八只爾巴雲奶玉珍咬！怎樣，有意見嗎汝這蠢貨！」

豁出去了的芙蕾德利嘉堂而皇之地整串講錯，聽得辛終於忍俊不禁噴笑出來。

附帶一提，「尼塔特II」的製造計畫與預算，受到全體與會人員一致駁回。

除了性價比過低之外，建造二號機時預定追加的「合體、變形功能」以及「設置於機首的超大口徑砲」也成了遭到駁回的最主要理由。

惡作劇（蕾娜→辛）

雖說是男女共用設施，蕾娜還是先敲過門才開門，只見辛睡在最裡面的長椅上。

意外的光景讓蕾娜眨了眨眼。這裡是第八六機動群的根據地——軍械庫基地的第一機庫中，供處理終端使用的更衣室。可能是本來就有這種習慣，辛雙臂抱胸，背部輕靠牆壁，發出平靜的睡眠呼吸聲。

蕾娜先是微微瞠目，然後露出笑容。

在後面演習場結束了一整晚的夜間戰鬥演習，報告過演習成果後，蕾娜沒看到辛，才在奇怪他跑到哪裡去了，原來……

昨晚演習當中辛身為部隊老兵，從頭到尾都擔任假想敵機（Aggressor）的角色。即使是在存活的處理終端中戰鬥資歷最長的他，似乎也難免有點疲倦。

雖說兩年前有過半年左右的來往，但其實這是蕾娜第一次看到辛睡覺的模樣。畢竟當時聯繫蕾娜與辛的知覺同步，在其中一人沒有意識時是無法同步的。所以辛入眠時，本來就不可能連得上。

蕾娜懷抱著新鮮的心情走到他身邊。盡可能不讓包鞋的鞋跟發出聲音，以免一不小心打擾到他睡覺休息。

她俯身向前，湊過去細細端詳他那有些低俯的睡臉。

也許出於沉默寡言的性情，辛有時會露出冷靜透澈到看似冷漠的表情，但沉睡中的臉龐沒了那種冷靜透澈，出乎意料地稚氣。或許只是這個年齡該有的模樣罷了……不過這大概也就表示他平常總是繃緊著神經吧。到了不像跟蕾娜同為十幾歲後半，年齡還稱得上是個孩子的程度。

這樣想來，也許現在應該暫時把他叫醒，要他回房間好好休息——附帶一提，今天一整天放假——但看他睡得這麼熟，總覺得不太忍心叫醒他。再加上一種不知為何還「不想叫醒他」的心情推了自己一把，蕾娜沉默無言地注視著他那靜謐的睡臉許久。

就像不習慣與人相處的野生動物，蕾娜從沒看過辛睡著的模樣。

而當辛醒著的時候，蕾娜又羞得不敢在這麼近的距離內直勾勾盯著他瞧，所以這是她第一次這樣仔細打量辛。

白皙而端正的面龐，據說是舊帝國貴種的特徵。若不是早就知道，而且演習時的機甲戰鬥服(Panzer jacke)沒換的話，實在不會想到他是軍人。

啊，睫毛意外地修長。

蕾娜一邊這麼想，一邊無意識地伸出了手。伸向此時靜靜地闔起，有著與蕾娜不同色彩睫毛鑲邊的單薄眼瞼。左眼上面遺留淡色傷痕的額頭。從少年的脆弱轉移至成年男性的精悍，正值過渡期的臉頰線條。

這些摸起來……

會是什麼樣的觸感……？

突然間，位於房間相反角落的淋浴間「砰」一聲開了門。

「啊——！清爽多了！……咦……」

西汀一頭紅髮滴著水沒擦乾，連內衣都沒穿的豐滿肢體只套了件背心上衣與戰鬥服褲子，便高高興興地走了出來，繼續維持著高興的情緒咧嘴一笑。

「哦！幹嘛，女王陛下，妳正要對他惡作劇嗎？我需要迴避一下嗎？」

蕾娜滿臉通紅地往後退，幾乎一瞬間就退到了更衣室的入口。

「不、不是的！我完全沒想到要偷捏一下他的鼻子或是戳一下臉頰看看什麼的！」

「……呃不，我也沒想到妳的惡作劇內容竟然這麼幼稚。」

「啊、啊，那個……今天天氣這麼好，我得去給盆栽的資訊裝置澆水然後幫設定到一半的貓梳毛才行！失陪了！」

鮮血女王一邊胡扯一堆毫無邏輯的事情，一邊面紅耳赤地衝出了更衣室。大概是真的太慌張了，半路上摔了大約三個大跤，從包鞋的腳步聲聽到她用猛烈的速度在走廊上愈跑愈遠。

目送她離去，西汀將目光轉回更衣室裡。

「好了，你早就醒了吧，大帥哥。」

果不其然，在異色雙瞳看著的方向，辛沉默無語地睜開了他的血紅雙眸。

「你什麼時候醒的?」

「有人在耳邊那樣大聲嚷嚷,不想起來也會被吵醒。」

只是辛雖然搞不懂狀況,但察覺到那時睜開眼睛八成會把問題愈搞愈複雜,於是決定裝睡。

至於西汀則是笑得邪門。

「是——嗎——」

辛露出了厭煩的表情。

「……怎樣?」

「沒有啊?只是想到如果接近你的是我,你應該會更早醒來吧。」

「…………」

可能是敏感地聽出了揶揄的口吻,辛不愉快地瞇起一眼;西汀毫不介懷,得意地笑了。

「照理來講應該是我比較會隱藏氣息耶。是說女王陛下根本就不會隱藏氣息啊……東部戰線赫赫有名的死神弟弟,對她還真是毫無心防呢。」

惡作劇（辛→蕾娜）

研究室的拉門滑開讓阿涅塔抬起頭來，一看到蕾娜就露出了怪表情。

「……妳的頭髮怎麼了？」

「呃……我也不是很清楚……」

蕾娜邊說邊偏頭。

在臉蛋側邊柔順滑落，不久前還用漂粉染成血一般鮮紅的一綹髮絲，如今在她不知情的情況下被編成了麻花辮。

「不知道為什麼，醒來就變成這樣了。」

事情發生在稍早之前。

做不習慣的電子文件導致事務處理進度落後，工作一堆再堆讓蕾娜好幾天沒睡覺，辛看不下去而在她辦公室的會客桌幫忙做事時，感覺到蕾娜從背後的辦公桌站起來，就抬起頭看一下。

辛明明勸過可以去躺一下，卻說不好意思而巴著桌子不放的作戰指揮官大人，此時不知是怎麼了，眼瞼昏昏沉沉地快要閉上，平時凜然挺直的腰桿也變得彎腰駝背，而且整個人明顯地站不穩。

那已經不是昏昏欲睡了，而是像恐怖片的殭屍般毫無生氣。

蕾娜那種堪稱異常，或者該說怎麼看都已經突破了某種極限而保持不住理性的模樣有點震懾到辛，他試著呼喚看看：

「……蕾娜？」

「辛……請借我一下你的背……」

……嗄？

辛還來不及感到詫異，一個輕盈的體重已經壓在軍服的背上。辛在無法動彈的狀態下勉強將視線轉去一看，只見蕾娜內斂地坐在沙發的旁邊位置，將小巧腦袋靠在辛肩膀稍微下面一點的地方，已經睡著了。

比自己稍低的體溫、細微的睡眠呼吸聲，以及蕾娜那股淡雅的紫羅蘭香水味傳到自己身上，即使是辛也不免凍結了一瞬間。呃呃……

……好吧，沒差。

戰鬥中的潛伏行動讓辛已經習慣於靜止不動。不到零點一秒辛就放棄思考，決定暫且安於這種狀況。

是決定安於現況了，但是辛負責的工作就快做完了。之後還得維持這種姿勢，沒事可做也實在讓人閒得發慌。

仰望半空的血紅雙眸正思考著如何殺時間，無意間，那銀色的色彩停留在他的眼中。

芙蕾德利嘉有點費勁地打開指揮官辦公室的沉重門扉，看到那幕光景……

她傻眼地呆站原地。

「辛耶……汝在做什麼……？」

「閒著沒事嘛。」

「不……那個……這余看就知道了，可是……」

背後有蕾娜用臉頰貼著緊靠在身上睡得香甜，當然動彈不得了。這倒無所謂。

芙蕾德利嘉想吐槽的是，辛一次、兩次、三次，沒完沒了地把蕾娜靠在背後而從肩頭滑落的一綹白銀髮絲編成麻花辮。

本身留短髮的辛，恐怕並未學會綁麻花辮的技巧吧（應該說每天早上幫芙蕾德利嘉梳頭髮，為了實現年幼主君的要求而學會了一點簡單綁髮的齊利亞，或是做什麼都上手的萊登，以及只要拜託他最後就會想挑戰超複雜髮型的賽歐，才是屬於比較稀奇的類型）。他用明顯不熟練的動作慢慢地，把長長的銀絲秀髮一直編到髮尾，編完後再讓它滑順地鬆開，又慢慢開始綁成辮子。

就像在享受、疼惜著經過仔細護理的髮絲觸感。

……據說撫摸頭髮，是比同床共枕更深沉的愛情表現。

「…………………………………汝似乎很開心啊。」

「嗯。」

大概是無意識的反應吧，但竟給我承認得這麼乾脆。

芙蕾德利嘉受不了他，嘆口氣。

「……汝不能動，那就由余替汝去尋安琪或誰來。汝且稍待片刻。」

「嗯嗯……？」

沉睡之前發生過什麼事，蕾娜本人好像也不記得了。

見蕾娜頻頻偏頭，阿涅塔皺起了眉頭。總之……

「幹嘛不把它拆了？」

該怎麼說？那條麻花辮綁得實在太差，讓人忍不住想這麼說。

首先頭髮就沒均分成三等份，而且綁得歪歪扭扭、彎彎曲曲。可能是編到一半搞混了順序，有幾節綁錯邊……不知道是手殘，還是真的很少綁辮子。

整條麻花辮簡直就像小朋友編出來的，醜到不行。

「是這樣沒錯，可是……」

蕾娜邊說，邊撩起那被綁成麻花辮的一綹髮絲。

對於那條像是很少綁頭髮的小孩編出的醜辮子，她彷彿感到困惑，卻又似乎懷著些許憐愛。

「……總覺得，好像有點捨不得。」

女王陛下，準備健身

結合深藍與雪白兩種清爽色彩的運動服外套加T恤，搭配亮晶晶的簇新運動鞋，以及沒曬到太陽的大腿上令人目眩神迷的短褲。

脖子上掛著機動打擊群營站限定的「86」陰文印染的毛巾，胸前布標大大地寫著「蕾娜」的名字。

「……蕾娜，妳怎麼穿成這樣？」

在機動打擊群總部軍械庫基地的演習場，看到作戰指揮官大人一身陌生的穿搭，辛眨了眨眼睛。他本身由於才剛做完增強式訓練（PT），穿的是聯邦軍戰鬥服。

蕾娜表現出少女嘗試全新穿搭時特有的興奮歡躍模樣，心花怒放地說：

「這是體育服！」

「這我看就知道了。我是說戰鬥人員的PT，對蕾娜來說可能有點太吃力了。」

雖然一律都稱為軍服，其實可以細分為典禮用軍禮服、平常穿的軍常服、訓練或實戰用的戰鬥服與駕駛服等等，但是名義上沒有「人類士兵」的共和國軍已經廢除了戰鬥服這個類別。辛明白她是因為這樣才穿體育服，但身為指揮官的蕾娜，無論是體力或體格都比不上辛他們那些處理終端。豈止跟不上訓練內容，可以確定一定會做到受傷。

「別擔心，我有請人家幫我另外規劃訓練菜單。」

「那就好……不過，妳怎麼會忽然想做訓練？」

有體力當然比沒有好，但她目前的體力就夠應付指揮工作了。

蕾娜一聽，頓時倉皇地左顧右盼起來。

「呃……那是因為……」

她那白銀眼眸顯得好像有些害羞地東張西望……最後面對訝異地看著她的辛，下定決心似的說道：

「其實是因為…………我變胖了！」

咦，有嗎？辛如此心想。

在戰場長大的八六，即使是女生也練出了一身結實肌肉。

看慣了那種體格的辛，反而還覺得蕾娜太瘦了。有時他會有點擔心蕾娜就吃那麼點東西究竟夠不夠。

蕾娜當然不知道辛心裡在想什麼，她上下揮動握緊的玉手極力主張：

「自從來到聯邦後，飯菜都好好吃！都怪這裡吃的是真正的肉類、麵包與蔬菜……」

不像共和國只能吃到生產工廠合成培養的糧食，在聯邦的市面上可以買到天然食材，特別是軍方還有優先配額。

「而且用餐時間都熱熱鬧鬧的很開心，所以我一不小心就吃得太多，然後就……」

「昨天的鹽漬豬肉(Eisbein)跟燉香腸是真的很好吃。」

「對呀，豬肉的濃郁風味搭配上發酵高麗菜(Sauerkraut)與芥末醬的酸味，真是難以形容的美味……不是啦！」

蕾娜無意識地中計跟著點頭，隨即又恢復理智跟辛理論。不知為何眼睛還閃著微微淚光。

「辛你一定也比較喜歡女生……再纖細苗條一點吧！」

「不會啊，我……」

辛一時糊塗差點被問到就回答，急忙閉上嘴巴。好險。

但話又說回來，蕾娜其實也說出了蠻大的震撼性發言，只是兩人都沒發現。

「所以我要靠運動來減肥！到了夏天我就會脫胎換骨了！」

為什麼是夏天？

慘烈的戰火磨損了辛對於和平時期的大半記憶——換言之，現在的他已經無從想起關於夏季有哪項不可或缺的活動，才會有這個疑問。

「我覺得做運動是好事……但請妳千萬別逞強。要是做到受傷就得不償失了。」

「嗯……好。你說得對，謝謝……」

「順便一提，今天的午餐是炸小牛肉排（Schnitzel）。運動過度會沒胃口喔。」

「……辛你最壞了！」

目送蕾娜氣鼓鼓地獨自跑向演習場……辛在原處坐下，決定看到她勉強做不習慣的運動時就要過去阻止。

救救我！（蕾娜的狀況）

一般而論，男生的力氣比女生大。

蕾娜以為自己很清楚這點，但沒想到竟然會完全無法抵抗到這種地步，一被緊緊抱住就動彈不得。

在狹窄的床上，蕾娜在面對面側躺的姿勢下被關進辛的臂彎裡，無法動彈。

橫越身體上方繞到背後，肌肉碩壯的手臂重量十足。兩人份的體溫很燙，自己的臉也是。怎麼會像著火一樣變得這麼燙呢？

頭頂上方傳來一絲酣睡的呼吸聲，聽起來莫名地清晰，讓心臟怦咚狂跳。

阿涅塔從房間門口探頭看，一副傻眼與厭倦參半的表情問道：

「……妳在幹嘛啊，蕾娜。」

「救救我。」

「好恩愛喔。」

什麼意思啊。

「是說該不會真的已經恩愛過了吧？要我煮個紅豆飯嗎？」

「不是的！這是……」

大約半小時前。

蕾娜走在貝爾特艾德埃卡利特屯駐基地的走廊上，在既非辦公區亦非處理終端居住區而無人路過的那個地方，遇見了步履蹣跚四處徘徊的辛。

日前在夏綠特市地下總站壓制戰發生知性化「軍團」遽增事件，造成辛這幾天身體狀況變差，起不了床，整天維持著昏昏欲睡的狀態。今天能夠起床應該表示身體狀況還算可以，但不用仔細端詳也看得出來他眼睛幾乎沒睜開。腳步也搖搖晃晃，披在襯衣上面的毛巾也跟小孩子似的滑落了一半。

簡單地說，就是睡昏頭了。

「辛。」

蕾娜一呼喚，辛好像才總算注意到眼前的她。

「……蕾娜。」

「你怎麼了？怎麼會在這裡？」

「沒有……我去沖澡想醒醒腦，但水不夠熱反而更想睡了……」

「……淋浴間目前故障中。」

可能因為這裡對聯邦軍而言終究只是暫時性的屯駐基地，設備都還蠻偷工減料的。

先不管這些，蕾娜抬頭看著已經快進入夢鄉的他，苦笑了。

「辛……你該不會是迷路了吧？」

至少這裡完全不在淋浴間與辛房間的路線上。

被她這麼一說，辛眼睛還是一樣睜不開地重新環顧自己的所在位置。

「…………這裡是哪裡？」

果然。

「我帶你回房間，請跟我來。」

於是蕾娜就像帶小朋友一樣牽起辛的手，辛乖乖地跟來（已經邊走邊打瞌睡，看起來頭腦完全沒在運轉），蕾娜帶他回到房間，讓他躺到床上。其實沒有必要做到這種地步，但蕾娜還是用當姊姊的心情幫他蓋了被單什麼的。

「那麼，晚餐時間我會請人叫你……你睡吧。」

她如此說完，正想離去的時候。

……心情好過頭的蕾娜完全忘了，那天淋浴間故障只能洗溫水，換言之，那時候辛身體是冷的。

肌膚有點寒意又完全睡昏頭的人出於本能想取暖——不肯放走眼前的溫暖，好吧，或許算情有可原。

蕾娜被辛一把抓住了手。

還沒回過神來，下個瞬間已經被拉倒到了床上。

「咦……」

就在不知所措的時候，辛緊緊抱住蕾娜，就這樣沉沉睡去。

「咦咦～～～～？」

聽完整件事，阿涅塔像隻心情惡劣的貓半睜著眼。

「於是，妳就這樣完全被當成了熱水袋就對了？……所以妳打算怎麼辦？」

「真、真要追究起來，一切原因都出在淋浴間故障沒完成自己的任務。因此必須先懲處淋浴間才行……！」

「……妳完全慌了呢。不是在問妳這個，我是說妳就正常爬出來不就好了嗎？」

「是這樣沒錯，可是我如果亂動，會把他吵醒的……」

蕾娜被緊緊抱住所以無法抬頭，看不到辛的表情，但聽見的平靜呼吸聲是那麼安穩。好不容易睡得這麼沉，蕾娜不忍心打擾他。

「是喔……真的只是這樣？妳是不是有點捨不得？」

「我……！」

芙蕾德利嘉一語不發地走進來，粗魯地把毛毯啪啪地丟到被單上攤開。想必是因為變得溫暖了，手臂的力氣頓時減緩，蕾娜這才扭動著身子，勉強逃出了辛的拘束。

「謝、謝謝妳……嚇死我了……」

蕾娜就這樣面紅耳赤地癱坐在地，兩人低頭看著她長嘆一口氣。

或許該說幸運吧，隔天芙蕾德利嘉不動聲色地確認了一下，但辛不記得了。

盃中夢影

廢墟的滿月大放明亮清輝，月下無數淡紅花瓣層層交疊的櫻花，彷彿蘊藏著幽幽微光。

在共和國東部戰線第一戰區，屬於先鋒戰隊負責戰區的廢棄都市裡，有一條只剩斷垣殘壁的大街。坐落街道兩側的高大櫻花樹無一不是花團錦簇，薄紅櫻花的華蓋無垠地覆蓋共和國特有的寬廣、筆直的道路。

抬頭一看，離開枝頭的花瓣沐浴著藍色月光，如水滴般紛紛飄落。這是個萬物沉睡的無風春夜。在無聲月影下文風不動的薄紅花團，那副模樣活像是某種本性惡毒的魔物。

會奪去人心，永無歸還之日。

辛隨便找個高度適中的瓦礫坐下，背對著開來這裡的「破壞神」，仰望著那蠱惑人心的靜謐魔力。

看到不為人知悄悄綻放的櫻花，是凱耶提議來賞櫻的。她說這是她的故鄉——極東地區的習俗。她的民族每逢春季來臨，總是會飲酒賞花，享受四季的變遷。

雖然在共和國出生長大的凱耶似乎也不知道更多細節，但為了儘量做得道地，辛好不容易才找到極東的酒杯帶來。

這種稱為「盃」的罕見平坦酒杯，拿在長年用慣了金屬餐具的手裡輕如薄紙。據說是以木頭削出形狀，再塗上特殊顏料所製成的。稱為「漆」的顏料光澤亮麗，呈現深邃勾魂的黑色，讓斟入盃中透明如水的酒倒映著花影。

輕啜一口，就能品嘗到燒灼喉嚨的酒精刺激感，以及芳醇的甘甜。最近辛漸漸比較懂得喝，嘗得出來這是穀物的甘甜。

馬修有著碧霄種的濃金髮色，以及霄堇種的青紫雙眸。體格鍛鍊得有如雪豹，身材高挑。他把酒杯仰首一飲而盡，開口說道：

「──真好喝。」

就連話不多的辛都覺得這個極度寡言的先鋒戰隊機槍手少年太過沉默寡言，他簡短的感想讓辛淡然一笑。

「那就不枉費我特地找來了。」

「我沒喝過這種味道──但，我覺得很好喝。」

「感覺輕飄飄的耶～」

米娜兩手捧著小小酒杯，晃著胡桃色的辮子笑著說。這個少女外表嬌小稚氣，在隊上卻是擔當前衛人員。

「……妳該不會是不會喝酒吧？別喝太多喔。」

庫丘苦笑著喝乾了自己的酒杯。這個在機庫黑板上大字記下還有幾天退伍──倒數戰死日期的開朗大個子看來不像他的小妹，還滿會喝的。

「可能已經太遲了喔～庫丘好像都開始轉圈圈了……」

「真是……」

「嘿嘿～」

「好吧，比起那邊那群醉鬼或許算不錯了吧？」

凱耶看一眼櫻花行道樹的另一頭，露出苦笑。

在她的視線前方，戴亞與悠人、奇諾還有托瑪一副醉醺醺的樣子跳著奇怪舞步，其他戰隊隊員則是不分男生女生，一起歡呼著起鬨。

庫洛托拉著想偷偷躲起來的智世的手，加入奇妙舞步的圈子裡。「哇～」現場湧現一陣更大聲的喝采。

看到同袍們瘋狂玩樂到體現天翻地覆四個字的程度，凱耶身為整件事的起頭人顯得心情很複雜。

「賞櫻的主要目的應該是欣賞櫻花，不是喝酒吵鬧……而且不是我要說，那些傢伙會不會醉得太快了？雖說大家豈止是不常喝酒，根本是第一次喝……」

八六被定義為沒有人權的人形家畜，就連日常飲食都只能拿到枯燥無味的合成糧食，自然不可能得到菸酒之類的配給。

「有什麼關係？開心就好。」

「……辛，我看你這句話前面少了『隨便啦』三個字吧？我早就想講你了，你這種心思對方都感覺得出來喔。」

凱耶嘛起色彩比頭頂上的櫻花稍濃的珊瑚色嘴唇，然後露出近乎苦笑的笑容。

「不過，的確是很開心沒錯。像這樣大家聚在一起，炒熱氣氛一起歡鬧。我們已經有好幾年都只是戰鬥廝殺，能及時行樂也好。」

趁著戰鬥之間的須臾空檔，閒聊些無關緊要的事或是辦點小活動，享受跟同袍們共度的時光，的確很快樂。

庫丘用他那充滿男人味的臉龐咧嘴燦笑。

「當然嘍。要是笑不出來，就等於是我們輸了唄！」

「是唄～！」

跟這個彪形大漢打打鬧鬧的米娜活力充沛地舉直雙手朝天。在似乎已經酩酊大醉的她後面，可以看到馬修難得勾起了嘴角。

戴亞與悠人停止跳章魚舞，往這邊走來。

「哦？什麼事什麼事？叫我們啊？」

兩人的臉有些泛紅。

講話口吻有點軟綿綿的，表情極度放鬆，兩條腿也站不太穩。看來有生以來的第一次飲酒已經讓他們爛醉如泥了。

坐著抬頭看位置頗高的兩人那副臉孔，凱耶對他們擺出一張臭臉。

「戴亞、悠人，我們在說你們很吵啦。」

「咦～不是啊。」

戴亞笑嘻嘻地揮動一隻手。

「這種的就是會讓人心情很興奮嘛。該怎麼說呢？就是很有祭典的感覺！」

「我倒想問辛跟凱耶你們幹嘛陷入有點感傷的氣氛啊？難得的好日子，用『耶～！』這樣的感覺，跟大家一起放膽瘋起來嘛。」

悠人先是油嘴滑舌地說，然後目光忽然變得呆滯。

「啊對不起還是算了辛跟馬修還是不要好了。就算其實很想瘋起來也請你們先不要。該怎麼說呢？感覺很恐怖，好像會變成世界滅亡的前兆。」

「「耶～」」

「謝謝，請兩位快住手。」

看到兩人總之口氣平板地照著歡呼（還異口同聲），悠人二話不說立刻吐槽。庫丘噴笑出來，米娜則是連有沒有在聽都已經不得而知，哈哈大笑。

戴亞雙臂抱胸，仰望著斜上方。

「不過，確實是希望能再來點可以大家一起瘋的活動呢。例如打櫻花仗代替打雪仗，或是在櫻花樹下尋寶之類的！」

庫丘說道。

「不是，給我欣賞櫻花啦。」

「咦～不是啊，櫻花是很美沒錯，但就是少了點『哇～好開心喔～』的那種樂趣嘛～」

「樂趣喵～」

「……對喔，我們把貓給忘了。」

馬修脫口說了一句，要笨被略過的悠人嘛起嘴唇。

辛苦笑著說：

「不過，聽說櫻花樹下埋的是屍體，而不是寶藏。」

「『真的假的！』」

不知為何戴亞與悠人兩眼發亮。

「就是這個了！來找屍體吧！」

「奇諾～奇諾～！你有沒有帶鐵鍬？每個人一把！」

「你白痴啊，我最好是有帶。」

「那就先從找鐵鍬開始！然後來比賽看誰先找到！」

「喂，給我等一下，戴亞你很詐耶！」

戴亞、悠人還有奇諾也跟著一邊說，一邊爭先恐後地衝向整排櫻花行道樹的另一頭。

凱耶目送他們跑遠，垂頭喪氣地說：

「真是……」

米娜忽然冷不防地站了起來。

「啊，庫丘你看到了嗎！有流星！」

「不是，米娜我跟妳說，那應該不是真實存在的……喂，別去追著跑啊，妳是小孩子啊？」

庫丘站起來，準備去追一溜煙向前跑去的米娜。他舉起一手表示歉意，然後跟著像小白兔般蹦蹦跳跳跑掉的背影走去。

馬修不禁露出極不明顯的苦笑，站了起來。

「我去幫忙。」

留下這句話，他就快步走去追趕那兩人了。野戰服的背影一個接一個，消失在櫻花樹下的黑夜之中。

「…………」

智世被戲弄得整個人搖搖晃晃，就這樣繼續搖搖晃晃地走向樹林另一頭。庫洛托有些著急地追上去。兩人一起轉過頭來只揮了一次手，隨即消失在黑壓壓聳立的大樹之間。

三三兩兩，但是陸陸續續地，在櫻花樹下，一手端著酒杯。原本分享歡笑的先鋒戰隊隊員們紛紛站起，然後一一離去。興奮尖叫追著櫻花落英到處跑的女生隊員，大動作揮手之後消失在花影的另一頭。兩個少年兵一邊哈哈大笑一邊邁出腳步，送來一個有樣學樣的敬禮後步行離去。

陸陸續續，連續不斷地。

往夜色的暗處走去。

往不知通往何方的黑暗深處走去。

就像他們過去，一一消逝時那樣。

夜櫻下原本笑聲不斷的夜色，終歸寂靜。

最後只留下凱耶，姿態高雅地乾了酒杯裡的殘酒。

「……好酒。真佩服你能找到極東的米酒。是特地為此找來的嗎？」

「是啊。我想既然要喝，就該喝這種的。」

為了想把戰場角落的這片櫻林，當成死前回憶之一的凱耶。一同品嘗她未曾嘗過，但來自她的祖先母國的美酒滋味。

即使實際上，她直到最後一刻，都沒能嘗到就撒手人寰。

「謝謝你……只是有點可惜的是，我沒產生懷念的心情。」

生於共和國，長於戰場的八六，對戰場以外的事物一無所知。

就這麼一無所知地，每一個人都逝去了。

兩手把喝乾了的酒杯奉獻般的捧在胸前，凱耶面露微笑。

「……在我祖先出生的國家，規定必須到了二十歲的生日才能喝酒。所以今天的這杯酒，算是有點小犯規吧。」

聽到她講話還是一樣認真，辛露出苦笑。

「不是早就滿二十了？」

「是嗎？……也是喔，我兩年前是十八歲。雖然已經不記得生日是什麼時候了。」

被扔進第八十六區後，強制收容所的惡劣環境與戰場的嚴酷處境，會讓人連對日期的感覺都變得模糊不清。八六總是很快就失去會為自己慶生的家人，所以連自己的生日也不記得，幾乎所有人都是如此。

至少辛是如此，凱耶想必也是如此。當父母、兄弟或故鄉的模樣漸漸模糊地風化而難以憶起時，或者是比那更早之前，就忘了自己出生的日子。

因為——為了在第八十六區的絕命戰場戰鬥到底，那些東西都是不必要的。

但是……

「——四月七日。」

聽他這麼說，凱耶愣愣地睜大了眼睛。

辛注視著她，真摯地傳達。

「共和國淪陷後，據說他們在國軍本部找到了處理終端的人事紀錄。包括我跟萊登他們，還有其他人，一個不漏。」

找到了理應隨著戰死被銷毀的——死後本來連墳墓與名字都不會留下的八六，曾經存在過的證據。

「循著這些紀錄去查，可以在某種程度上找出家人的姓名或是原先的居住地。當然，生辰年月日也是——不過現在再回去看以前的住處，也只會看到毫無印象的陌生住家就是了。」

「聯邦軍」收復第一區貝爾特艾德埃卡利特之後，他回去看過一次。

雖說那次等於只是去證明他對那個家毫無印象，已經什麼都不記得了。

「……所以，你今天才會過來？在四月櫻花盛開的這個時期。」

「這也是原因之一。不過……」

辛也想過為他們慶生，紀念他們漸漸長大，以及到最後一刻對生存的努力。趁著最接近「派兵」預定日期的凱耶生日前後，一次幫所有人慶祝他們曾經存在的事實。

但是更重要的是……

「我還記得，我不會忘記。今天過來，只是想再告訴大家一次。」

辛要求自己成為死神，記住所有曾經並肩作戰、先走一步的所有人，並帶著他們走到最後。

他想告訴大家，自己還沒捨棄那份職責。

還沒忘記。

在那些連墓碑也不被允許立起的八六……先鋒戰隊的同袍們如今仍不為人知地永眠，換個說法就像是巨大墓碑的這個第一戰區的戰場。

因為自己，又再次活著踏進了這裡。

「這樣啊……」

凱耶目光低垂，就這麼淡然一笑。

「你……對喔，你好像是五月出生……我就快被你追過了呢。兩年前明明還比我小。」

「是啊。」

「真不甘心。不過……」

這時，凱耶心無罣礙地，露出了由衷欣喜的笑容。

「——至少你們活了下來，這樣我就夠欣慰了。」

那聽起來像是凱耶的聲音，也像是不在這裡的戴亞、悠人、奇諾、庫丘、馬修或米娜，那所有先走一步之人的聲音。

「——嗯。」

這時，颯然吹起了一股強風。

櫻花的壽命，極其短暫。一如柔弱的細薄花瓣與虛幻飄渺的花色，它們在須臾之間一齊綻放，又一齊凋零。彷彿沒有任何留戀，輕易地離開枝頭化為一地繽紛。

因此，據說它被那些於臨戰之際發誓生還的戰士所厭棄。

卻又被決心慷慨赴義的戰士們視為品德高尚的象徵而喜愛。

花開花落。好花齊放的美景當前，櫻花盛開的無數花瓣被風吹散，紛然飄降。如薄紙般輕盈的它們乘著晚風，與夜晚的空氣同遊而不曾墜落地面，讓空氣染上自己的色彩狂亂起舞。

據說，這稱作櫻吹雪。

以唯一色彩塗滿視野的無數花瓣一時飛散開來，乘著一陣襲來的大風，薄紅櫻花的漩渦席捲整條大街。

凱耶、同袍們消逝的無明黑暗，還有所有的一切，盡被逝世遠去的花瓣紗幕平等地覆蓋並隱藏——……

「——諾贊上尉？」

這一個月以來，聞慣了的紫羅蘭清冽芳香輕柔地飄來。

轉頭一看，蕾娜就站在如雨飄落的櫻花下。共和國的深藍軍服，以及白銀種的銀髮與同色瞳眸。

視線拉回一看，盛開的櫻花行道樹下沒有人在。被他當成桌子的瓦礫上，在與辛面對面的位置，孤零零地擱著一只斟了酒但沒人碰過的漆器酒杯。

該端起它一飲而盡的人，已經不在。

「早在兩年前」，就成了故人。

踏響包鞋的鞋跟，蕾娜走向龜裂的鋪裝道路。與早在十一年前就被人棄置的廢墟格格不入，高雅華貴的香水味柔和地飄散開來。

由她擔任作戰指揮官，辛擔任機甲部隊總隊長的聯邦軍第八六獨立機動打擊群，目前正被派遣至此地支援舊共和國。目前他們駐屯在靠近前線的臨時基地，也鄰近辛以前作為先鋒戰隊隊長戰鬥過的東部戰線第一戰區。

當戰場被夜幕封閉時，他明知這是違反軍紀，仍一個人溜到外頭。

「忽然發現你不在基地宿舍，害我還以為你怎麼了……雖然照你的個性，一定是確定附近沒有『軍團』才會出去。」

「對不起。但我原本打算很快就回營，以為沒有必要說一聲。」

辛邊說邊站起來。把手中已飲盡的空酒杯，原封不動地留在沒人碰過的酒杯前面。

「不過上校，妳是怎麼找到這裡的？妳應該不知道這個地方吧。」

他敢肯定蕾娜沒有來過這裡，而且印象中用知覺同步聊天時並未提到過這個地方，也沒在這裡同步過才對。

「因為上尉的『破壞神』不見了，所以我去問擔任機工的葛倫軍曹。軍曹似乎不知道你去哪裡，於是我就去逼問修迦中尉。」

「……我明明有叫他們倆保密。」

辛看到萊登在一旁聳了聳肩，他似乎是駕駛自己的「破壞神」載蕾娜過來。先不說葛倫，知道內情的萊登應該不會輕易對她鬆口。既然兩人都來了，可見蕾娜大概是真的逼問得很緊。

蕾娜沒注意到兩人交換小小的戰慄眼神，兀自仰望填滿夜空的盛開櫻花。

「哇……」她發出了讚嘆。

「……真美呢。」

「是啊……就跟兩年前的這個季節一樣。」

只有這時候，辛沒有回望抬頭看她的白銀眼眸。

「先鋒戰隊有一次就像這樣，大家一起在這裡賞櫻。兩年前的那時候，我們才剛剛被調派到第一戰區來。」

就在存活得太久的八六，被調派到存心讓他們戰死的最終處置場時。那時他們在半年任期結束後，就注定必死無疑。

「在凱耶的提議下，戰隊二十四名成員全體參加。只是，當時……」

辛注視著在黑暗中彷彿朦朧發光著的薄紅花團，含笑瞇起了眼睛。

儘管當時抬頭仰望的人大半都已逝去，盛開的櫻花與月夜卻毫無改變。

「變成了以水代酒。」

而戰隊的大半人員，自始至終都不知道水杯是離別前的交杯。

「抱歉……我打擾到你了。」

「不會，事情已經辦完了。」

只是沒有墓碑，但仍然算是為戰友們掃墓。

「我們回去吧。」聽辛這麼說，蕾娜神情肅穆地點頭。她看了一眼留在瓦礫上的一對酒杯，但沒說什麼。

取而代之地，她用鼻子嗅了嗅，微微偏頭。

「……好像有股好聞的味道。」

「噢。」辛舉高一手提著的買酒杯時附贈的陶瓶——說是叫做德利——給她看。

「回到基地後，妳要喝嗎？不過沒剩多少了。」

「這是……酒嗎？」

「說是極東地區的一種酒。就是凱耶的故鄉。」

「……真佩服你能弄到這種東西……聯邦不是幾乎還沒跟外國恢復邦交嗎？」

跟共和國一樣，聯邦也長期遭受「軍團」大軍全面封鎖勢力範圍，是到了最近才終於確認到周邊國家的存亡狀況。國內目前只能跟這些國家維持極少數的人員往來，與距離遙遠的極東地區豈止恢復邦交，就連國家是否安在都沒能確認。

更別說得到當地的產品。

所以這瓶酒跟酒杯，是辛跑遍聖耶德爾的百貨公司或骨董市集才找到的。本來還想過萬一真的找不到，就用其他東西代替。

「這是聯邦東南部的酒莊利用業餘時間釀造的。店員說聯邦人喝不慣，所以數量稀少卻不值錢，就跟業餘愛好沒兩樣。」

店員依稀記得店裡有一瓶放著積灰塵，就從貨架角落幫他找來了。

蕾娜苦笑了起來。

「才在奇怪離開基地時，餐廳那邊怎麼有點熱鬧，原來是為了這個啊。」

而內容量也是，號稱遵循極東傳統的酒瓶，比起聯邦的葡萄酒或烈酒足足大了兩倍以上。他只把需要的量倒進德利，剩下的給了部隊裡的其他人，看來大家立刻就喝開了。

聯邦軍並不禁止人員在勤務時間以外飲酒。辛事前已經做過索敵確定周遭沒有「軍團」，所以大家似乎就放縱自我了。

「那麼，我也來沾點光。對了……」

忽然間，蕾娜很故意地乾咳了一聲。

她態度堅定地指著辛，抬頭看著一時不及反應只能看回來的他，淘氣地笑笑。

「諾贊上尉，你這是酒駕喔。」

辛忍不住苦笑了起來。

「我沒喝到醉。況且，我聽說黑系種天生酒量好。」

這是從黑珀種——同為黑系種的恩斯特那裡聽來的。他說上古時代曾為戰士階級的黑系種，對酒精等藥物一類具有抵抗力。

事實上，繼承了一半夜黑種血統的辛與身為純血黑鐵種的萊登，的確都是海量。

然而，蕾娜照樣繼續開他玩笑。

「真的嗎？不用萊登拖著你的座機沒關係嗎？」

「死都不要。」

「饒了我吧。」

萊登低聲說出的最後這句話，直接被雙方忽視。

附帶一提，無論是在聯邦或共和國，只要不會因此誤判路況，酒後開車都不違法。

「應該說，上尉你已經到了可以喝酒的年紀了嗎？從聯邦法律來說。」

「記得規定是滿十六歲，所以我想沒有問題。我兩年前就符合規定了。」

「順便問一下，你是幾月幾日生呢？」

「五月的……某一天吧。」

辛其實對自己的生辰年月日並不感興趣，所以記得不太清楚。

「上尉你這人，怎麼總是這麼……」

蕾娜垂頭喪氣，無奈地嘆息。

「正好也快要回聯邦了。那麼回去之後，請你一定要重新查清楚，然後向我報告。」

「……是可以，但是為什麼？」

「這還用說嗎？」

說完，蕾娜露出了如花的微笑。

「大家要一起幫你慶祝……一定喔。」

救救我！（辛的狀況）

黑系種一般而言，都是酒國英雄。

辛也不例外，喝酒幾乎喝不醉。同為黑系種的萊登也一樣海量，安琪與賽歐雖沒兩人那麼厲害，但也算能喝，酒量最小的可蕾娜也還足以應付社交場合。

因此……

辛活到現在從來沒想過，世界上會有人酒量小到才喝一兩杯，就能搞到神智不清。

正氣凜然的叱責，從極近距離內「劈頭蓋臉」而來。

「諾贊上尉！你有在聽嗎！」

沒有，應該說已經沒那心情聽了。

蕾娜在近到離譜的距離內直勾勾地「俯視自己」，辛回看她那帶有三分酒意、嬌豔地泛紅的容貌，冷汗直冒。

雖說年紀相同，但辛與蕾娜是十幾歲後半的少年與少女，之間有著約莫十五公分的身高差距。正常交談時，蕾娜的視線高度絕不可能在辛之上。

再次強調，是正常交談時。

簡而言之，辛此時人在屯駐基地他那間四人共用的房間，被蕾娜推倒在床上。

而且雙手手腕被抓住壓著，對方膝蓋又豎立在身體左右兩側，使他陷入有點動彈不得的處境。

萊登從房間門口探頭看看，一副傻眼與厭倦參半的表情問道：

「……你在幹嘛啊。」

「救救我。」

「曬恩愛喔。」

什麼意思啊。

「是說有什麼關係呢？你就乾脆跟她恩愛下去嘛。」

「大有關係好嗎？怎麼想都太超過了。」

聽不懂你在說什麼。

「……辛，我想你應該是真心話跟表面話顛倒，把真心話說出口了喔。你現在肯定是動搖到不知所以了。」

「聽到這傢伙叫人救他就應該知道不對勁了吧。」

同樣從入口探頭看進來的賽歐說道，萊登貌似無奈地嘆口氣接下去：

「……所以，怎麼會搞出這麼有趣的場面？」

「一點都不有趣……今天晚餐時間過後，我不是去了凱耶他們那邊嗎？那時帶去的極東酒剩了一點……」

這座充當幾天宿營地的基地，離過去第八十六區的第一戰區不遠。在陷入目前這個狀況的稍早之前，辛帶著極東地區的米酒，獨自前去拜訪以第一戰區為墓碑長眠的戰友們。

大部分的酒都給了目前部隊的處理終端，但掃墓供品剩下的酒引起了蕾娜的興趣。回到基地時，弟兄們已經在餐廳喝得微醺鬧成一團，辛心想把蕾娜帶去那邊似乎也不太好，於是總之先將她帶來自己的房間。

錯就錯在這裡。

聽完這段話，萊登一副傻眼到極點的樣子用鼻子一哼。

「這有多難，把她推開不就沒事了？」

「要不是在這個房間的這個位置，在這種狀態下的話……！」

雖說辛被對方澈底用上全身重量壓住身體，但蕾娜體重很輕。憑著辛在戰場長大鍛鍊出來的臂力，不至於推不開。

然而這裡偏偏是鄰近前線的軍事基地。無論是房間還是床鋪，都只做到滿足最低需求。講得明白點就是窄到不行。

如果把蕾娜推開，她會從床上摔下去。

假如雙手自由的話還能設法抓住她，把她推開；但很遺憾，辛的雙手都被纖纖玉手緊緊扣在床上。如果硬是甩開，一樣會害蕾娜失去平衡摔下床。她那雙眼睛的焦點與銀色的小巧腦袋，原本就已經不安定地搖來晃去了。輕舉妄動可能會害她受傷，所以就辛的立場來說很難做出行動。

「啊——那個叫什麼來著？對，就是女生已經做好準備投懷送抱，男方如果拒絕可是很丟臉的喔。」

「獸……」

「這個狀況哪裡像是做好準備投懷送抱了？怎麼看都是突發狀況吧！」

「以狀況來說反倒像是辛把人家帶進房間裡，灌醉人家然後獸性大發呢～」

丟著啞口無言的辛不管，萊登對走廊上的西汀說：

「西汀，這狀況太有趣了，麻煩妳先讓他們獨處個半小時再來把蕾娜撿走。」

「……唉，是無所謂啦……但那傢伙撐得了半小時嗎？就各種意味來說。」

「蕾娜才是撐不了半小時的那一個，不會有事啦。啊……」

話才剛說完，蕾娜正好用盡了力氣，撲通一聲倒了下去。

理所當然地把辛墊在下面。

「等……！」

辛好像發出了某種類似慘叫的聲音，但萊登充耳不聞。

他無情地關上了房門。

可能是實在不忍心，西汀很快就去救人了。

還有或許該說幸運吧，隔天萊登確認了一下，但蕾娜不記得了。

五月十九日（辛的生日）

——讓大家幫你一起慶祝吧。

自己明明那樣說過的。

「……唉，跟下次的任務剛好撞期了呢。」

「是呀……」

阿涅塔喝一口替代咖啡之後說道，在她面前的蕾娜心情沮喪得十分明顯。

五月十九日，是辛的生日。

雖然他本人忘掉了，但後來從共和國的殘存紀錄查明了日期，因此蕾娜似乎很想幫他慶生。

在軍械庫基地白天訪客較少的軍官俱樂部一隅，蕾娜像是遭受風吹雨打的一朵薄命白花，趴在單人沙發的扶手上。

阿涅塔一面覺得這副模樣絕不能讓部下看到，一面拈起搭配咖啡的脆餅。

無論是榛果，還是如今即使在聯邦也一樣珍貴的南方產可可都是真的。真好吃。

「記得派遣地點是聯合王國？而且聽說會一直待在前線。」

包括當天在內，總之機動打擊群已經接到整個五月都待在外國的派遣任務，實在無法可想。

「畢竟我們是軍人……我早有心理準備了……」

「蕾娜，妳講話跟表情矛盾喔。」

如果是小貓的話，耳朵跟尾巴大概已經垂低了。

「……應該說，就算沒有這個任務，妳有辦法幫辛慶生嗎？妳最近不是都沒跟他講到話？」

「這……」

……蕾娜變得更消沉了。

從共和國回到這座基地後，關於她和辛之間有過什麼樣的對話，阿涅塔也已經聽說了一個大概。

說來理所當然，阿涅塔也知道他們後來就一直在鬧尷尬。

可惜慶生會沒辦成，否則再勉強至少也能當成破冰的好理由。阿涅塔一邊如此心想，一邊把第二塊脆餅泡進咖啡裡。

還有她也覺得，如果將這個盪到谷底的蕾娜拍照傳過去，或許會是不錯的另類禮物。

阿涅塔如今對於過去的青梅竹馬已經放下了心結，能夠容許自己做這點惡作劇，也慢慢習慣作為同事與現在的辛相處。

「不過我想說，不只是辛，八六們沒一個記得自己的生日，當然也沒慶生過，即使現在一查就能查到也沒人來問，對吧？就算什麼都沒慶祝，我想他們也不會放在心上吧。」

不過人事文件上原本只是隨便填個日期的生辰年月日欄位，現在一口氣要更改整個旅團人數的分量弄得事務人員焦頭爛額，可是當事人八六卻完全不來確認，讓他們為這件事氣個半死，所以其實他們有在認真企劃所有人的生日派對（畢竟人數多達數千所以幾乎天天得辦）。

但天天開趴畢竟實行上有困難，因此葛蕾蒂似乎正在往「當月壽星」同日慶祝的方向作調整；然而五月出生的辛順便還有可蕾娜，似乎就連這樣都擠不太出時間。

蕾娜霍地挺出了上半身。

「就是因為他們都不在意！……就是因為他們連這點小事都一直無暇顧及，我才會希望今後可以將這種慶祝活動變成日常生活的一部分……結果卻……」

又開始消沉了。

老實說阿涅塔覺得麻煩死了並說：

「總之先送個禮物如何？」

「咦？」

「妳不是在吵架前就買好了嗎？辛那份、庫克米拉少尉那份，還有雖然晚了一個月，但也替利迦少尉買了一份。還特地跑到隔壁城鎮，花了一整天到處逛。」

雖然不難想像大概某某人分到了特別多的時間，不過連這種事都要講求公平就太不知趣了。

「可是……那個，上尉現在也正在忙著為派遣做準備……」

然後又開始不乾不脆了。

阿涅塔一邊覺得超不耐煩，一邊拿出了那個東西。真受不了她。

如果蕾娜不送禮物，我拿「給你添麻煩了」做藉口準備的禮物不也送不出去了？

「那麼，為了沒出息的蕾娜小姐，我這獨一無二的閨密準備了一個妙計……想聽嗎？」

唉，我真是個老好人。

「——諾贊上尉，這是你的失物。反正這種有點艱深難懂的書，一定是上尉你的吧。」

「嗯？噢，不好意思。」

負責管理失物但通常應該不會特地把東西親自送達的伍長，不知為何突然過來，把辛忘在待機室一陣子後自動失蹤的精裝書塞給他。

雖然看到一半，但閱讀對辛來說仍然只是分散注意力，不去聽「軍團」聲音的手段。他以為大概就是貓咪或芙蕾德利嘉在惡作劇，所以沒去理會。

「……嗯？」

辛注意到一件事，一手打開這本書。整疊厚厚的紙張，自動在那一頁開啟。

夾在書頁之間的，不是原先用來當書籤的便條紙，而是在壓薄的銀片上做了精細浮雕的金屬書籤。

用指尖一拈起來，一枚疊在它底下的壓印卡片輕飄飄地掉在書頁上。同時隱約傳來一襲熟悉的紫羅蘭清冽甜香。

香水草色的墨水文字，呈現這一個多月來與兩年前的半年期間看慣了的流麗筆跡。看來是特別訂製，花紋是圖案化的篝火之花（彼岸花）與佇立其中的「破壞神」。

『明年，一定要一起過生日喔……祝你生日快樂。』

「……未免有點太心急了吧，蕾娜。還有半個月才到啊。」

雖然到時候自己跟大家已經在戰場上，所以或許怪不得她。辛如此心想並闔起書本。

希望七月——好像以為沒被發現，急急忙忙地逃往走廊另一頭的某某人生日來臨時，大家已經回到這裡了。

五月六日（可蕾娜的生日）

「可蕾娜，雖然遲了一點……生日快樂。」

「啊……謝謝。」

可蕾娜心裡怦怦跳，收下蕾娜這麼說著拿給她的小盒子。生日……不知道有幾年沒過了。那種日子——早就被她給忘了。

因為在第八十六區沒有那個餘力過生日，更沒有必要去記住。

「我可以打開看看嗎？」

「當然了。希望妳喜歡。」

打開天鵝絨布面的細長小盒子，裡面是一條金光閃閃的項鍊。配合可蕾娜稍微曬黑的膚色挑選的金色細鍊，掛著美麗的橘色寶石。

「哇……」可蕾娜不禁屏氣凝神，看得入迷。

她覺得這就像是昔日……在她幾乎已經遺忘的和平歲月，屬於母親或姊姊的那些令她嚮往的首飾。

亮晶晶的，看起來好成熟。

「好美喔……」

聽到她如此脫口而出，蕾娜露出了鬆一口氣的笑容。

「很高興妳喜歡。」

「嗯，對啊……我很開心……啊，我問妳！」

可蕾娜忽然想起來了，開口詢問。既然收到了禮物，自己當然也該這麼做。

「蕾娜妳什麼時候生日？應該說……」

連可蕾娜自己，都不記得了。

父母與姊姊也都死了，再也沒有任何人知道。

所以照理來講，應該不會有人幫自己這麼做。

「妳怎麼會知道……我的生日？」

「——辛。」

被叫住的辛，腋下不知為何夾著前一陣子弄丟然後似乎就失去了興趣的那本磚頭書，書頁間閃耀光彩的銀色書籤，之前從來沒看辛用過。

血紅眼瞳轉過來看到可蕾娜，眨了一下眼睛，眼神隨即透出微笑。

「可蕾娜，妳遇到什麼好事了嗎？」

「咦？」

「因為妳看起來心情相當好……臉上還帶著笑容呢。」

辛雖然這麼說，但他自己才是一副可蕾娜還看不太習慣的溫和笑臉。

可蕾娜覺得，辛變得比較愛笑了。跟兩年前在那個本來注定一死的第八十六區第一戰區，現在回想起來是懷著極度緊繃的心情，注視自身命運的那段時期相比的話。

「嗯……遇到了有點開心的事。」

可蕾娜比辛小一歲，也許是因為這樣，她總是被辛當成妹妹看待，永遠都是如此。

儘管比起被當成同個戰隊的眾多同袍之一，被當成妹妹是很高興沒錯，但其實她並不希望辛只把她看成那種對象。

只是自知有所不足，所以無意表白罷了。

如同她絕不可能變得跟辛同歲，她也一定無法跟辛站在同一個位置。

可是……

可蕾娜的生日，是五月六日。

而辛的生日——同樣也是五月，是十九日。

今年滿十七歲的可蕾娜，在幾天前變成了十七歲。

辛比她大一歲所以今年就滿十八了，但十九日還沒到，所以現在還是十七歲。

只有短短十幾天的期間，兩人同歲。

即使如此，這種倏忽即逝的「共通點」，仍然讓可蕾娜心裡樂陶陶的。

因為這會讓她覺得，她跟這個永遠追趕不上的人，唯獨這段短暫的時日——能夠站在相同的位置。

這讓可蕾娜快樂到不可思議……甚至是一陣揪心的地步，辛看著她的笑容，忽然露出恍然大悟的表情。

「對了，妳過生日嘛——抱歉，我錯過了。」

「沒關係，別在意。你最近忙嘛。」

可蕾娜他們機動打擊群第一機甲群，預定於半個月後受派至下一個戰場——羅亞．葛雷基亞聯合王國。辛身為第一群的總隊長，現在應該正為了準備出發而忙碌不堪。

辛困窘地皺起了眉頭。

「……可是……」

生日這種東西，本來忘了應該也不在乎才對。但他現在卻覺得如果知道是哪天，就會想幫她慶生。

作為一個關係對等的同袍，替他找台階下。可蕾娜表現得像個愛撒嬌的妹妹笑著說道：

「那這樣好了，辛，你帶我到餐廳請我吃蛋糕吧。我要巧克力的。」

「當然可以，可是……這點小東西就夠了嗎？」

「辛也要跟我吃同一種蛋糕。」

「呃……」

明知辛不太愛吃甜食卻故意耍任性，結果可想而知，辛露出了更加困窘的表情。

可蕾娜抬頭看著他，嗤嗤地笑。

86 ALTER VOLUME ONE

羅亞・葛雷基亞聯合王國篇

They spent their adolescence there, on the battlefield.

EIGHTY SIX

The number is the land which isn't admitted in the country.
And they're also boys and girls from the land.

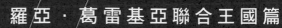

西洋棋

位於地下……應該說岩山內部的列維奇要塞基地，大半的有限空間被機甲與它們的消耗性零件所占據，人數不少的兵員則擠在剩下的空間。換言之提供給人類的空間小到不能再小。

因此基地內的幾間餐廳在自由時間被當成娛樂室，第三餐廳此時聚集了眾多機動打擊群的處理終端與整備組員。也沒什麼特別的原因，他們和聯合王國軍的軍人們自動各自待在不同區域。只是偶爾會有聯合王國的士兵一手拿著蒸餾酒或零嘴充當不速之客。

蕾娜過來露臉時，辛在一個角落面對著西洋棋盤，對手不知為何竟是維克。

周圍有萊登、賽歐、可蕾娜、安琪以及芙蕾德利嘉等熟悉的面孔，達斯汀、馬塞爾、西汀以及瑞圖則各自站在他們旁邊，或是隨便在旁邊找把椅子坐下，觀望棋盤上的對局。

蕾娜使勁踮起腳尖探頭看去，隨即皺起了眉頭。

只因在那老舊的木製黑白格紋戰場上，白色陣營單方面且澈底地被擊潰到體無完膚的地步，讓人很想問一句：「有必要做得這麼絕嗎？」。

蕾娜忍不住要插嘴。再怎麼說，這也太過分了。

「維克，那個，請你稍微手下留情好嗎？」

「女王，妳在說什麼啊？」

「蕾娜，我也不知道為什麼，但贏的是我。」

維克繃著臉瞪著西洋棋盤說道，辛表情複雜地低頭看著盤面接著說。

咦？蕾娜重新看看盤面。

好吧。

本來豈止不用重新看，根本也不用人家提醒，看棋子的配置就知道白方陣營是維克，黑方是辛。換言之輸得一塌糊塗的是維克。

沒人規定指揮官就必須很會下西洋棋，現場戰鬥人員就一定不會，但維克是王族。西洋棋想必是必備修養之一，至少應該比在戰場長大的辛有更多時間與餘力鍛鍊棋藝才是。

「辛，你對西洋棋……」

「只知道棋子怎麼移動，以及一點固定下法。在第八十六區偶爾下兩盤殺時間而已。」

聽起來不是很強。

「我連你說的固定下法都不知道。雖然最起碼還知道棋子怎麼移動。」

「……王子殿下第一盤就愚者自將了，超誇張的。」

萊登低聲補充一句。亦即主動替對手的王后開路，造成兩步殺的最快輸法。

可是，蕾娜從來沒真的看過有人這樣輸掉。

「怎麼會這麼……」

「當然是因為我沒興趣啊。什麼王侯的修養，蠢死了。」

「那你為什麼現在又想到要下呢……」

「嗯──」維克邊想下一步棋邊懶洋洋地應聲。

「因為我過來看看的時候諾贊跟修迦正在下……看起來好像很好玩。」

「…………」

看到他那側臉……

也不知道為什麼，讓蕾娜聯想到年幼的孩子。

就像一個小小孩，看到不認識的其他孩子玩得很高興，就跑去問可不可以一起玩。

可能是聯想到同一件事了，可蕾娜微微偏頭。

「王子殿下，你再來要不要玩玩看大富翁？那個可以讓更多人一起玩。」

「我不知道怎麼玩，你們不介意的話。」

「喔，那沒差啦～與其說怎麼玩，其實幾乎就是看運氣。」

「我覺得玩起來不會比你現在下的西洋棋慘啦。先跟你說清楚，辛也沒有特別會下喔。」

「可是這樣人數不合，怎麼辦呢？輪流就可以了嗎？」

「啊──那我先跳過，去玩別的好了。還有其他遊戲嗎？」

「似乎是有個抽出木棒再堆上去的遊戲，汝要玩那個嗎？」

「……話說回來，維克，你走那步的話我下一步就將軍了。」

「你說什麼……！」

維克撞開椅子挺身向前。現場爆出一陣歡快的笑聲。

就像一群管他大家認不認識，照樣在一起玩鬧的小小孩。

蕾娜噗哧一笑，說道：

「也請讓我加入吧。」

再一下下就好

話說千辛萬苦收復的列維奇要塞基地周圍仍然是一片雪原，天候是將要下雪的陰天，講得簡單點就是冷得要命。

蕾娜待在這種地方，穿的卻是軍服女襯衫與聯邦軍大衣，赤腳套著包鞋。禦寒能力簡直是零。

突如其來的哈啾一聲，極小聲的打噴嚏落在雪地寂靜中，抓住辛的蕾娜與被她抓住的辛，才終於回過神來。

「不、不好意思。」

「不會……應該說，如果妳會冷的話還是回去好了。」

「好……呀啊！」

蕾娜微微紅著臉蛋放開辛，正要轉身走開，卻當場被雪絆到腳而差點摔倒。

辛有些慌張地抓住她的手臂攙扶她，才沒出什麼大事。蕾娜則是又一次抓住了辛，雙方維持著不上不下的姿勢，竟也莫名其妙地取得了平衡。

辛繼續這樣站著問道：

「有沒有扭到腳還是什麼的？」

「我沒事……那個，我已經可以自己站起來了……呀啊！」

沒事才怪，蕾娜再次差點跌個大跤，又再次被辛扶住。

畢竟她穿著完全不適合走積雪路的船形高跟鞋，被凍僵導致身體動作變得遲鈍，而且守城抗戰累積了疲勞，現在戰事結束又讓她有點鬆懈。

看到蕾娜的膝蓋明顯在發抖──看就知道不能好好走路，辛似乎下定了某種不得已的決心。

「……蕾娜，之後我再聽妳抱怨。」

「咦……呀！」

被辛一把抱起，蕾娜發出尖叫。辛用大衣裹住她，伸手到背後與膝蓋後面把她擁向自己抱了起來。

也就是所謂的公主抱。

辛就這樣快步向前走。用戰鬥人員特有，比蕾娜平常的走路方式快上很多的步伐。

「如果覺得會搖晃，請妳抓緊一點。」

「辛，那個……」

「我說了之後再聽妳抱怨……說話會咬到舌頭喔。」

「………」

看來要抱著一個人走路而且還是積雪路，縱然是辛也很難不發出腳步聲。陌生的沙沙沉重腳步聲傳進耳裡。還有身為女性的蕾娜比都不能比、骨骼與肌肉結實健壯的體魄，以及即使隔著厚厚的機甲戰鬥服仍能隱約聽見的心跳聲。

那聲音的平靜，讓她感到有點不公平。只有自己心裡這樣小鹿亂撞的，而且辛一定也感覺到了。

「……呃，會不會很重？」

「不會。好吧，是比一隻貓來得重。」

是沒錯，可是……

蕾娜嘟起了嘴，但血紅眼瞳沒看著她。

……蕾娜當然想不到，那是因為辛在這種狀況下實在無法正眼瞧她。

只是，當那白銀眼眸為了掩飾臉紅而往前望去時，看到菲多在遠處等著他們，似乎是想過來關心情形。

她心裡不禁產生小小怨言，怪它沒再站遠一點等他們過去。

妳的氣息・辛的狀況

即使奪回了基地，機動打擊群機甲部隊的總隊長辛，仍然有幾件事情要處理。例如聯絡阻滯作戰部隊並確認狀況、掃蕩基地內部的殘餘敵機，還要聽取報告或是自己也得向長官報告。

等到這些事情暫且告一段落，回到自己分配到的房間換衣服時，辛不免感到疲憊不堪。

被厚實岩盤所封閉，從地下湧升的高溫又不流通的基地內部，比起漫天飄雪的外頭暖和多了。可能也是因為如此，一次全部來襲的疲勞讓他有點頭暈。周圍連一架「軍團」——可能立刻發生戰鬥的威脅都沒有。這份久違的確信也成了原因之一。

因為現在，聽不見任何與「軍團」難以區別的「西琳」的悲嘆。

「…………」

脫掉只有今天這一刻感覺格外沉重的機甲戰鬥服丟到一旁，辛伸手去拿似乎是芙蕾德利嘉幫他拿來的、留有些許她摺疊習慣的聯邦軍鐵灰色軍服。

這些動作稍微搖動了室內空氣，霎時間一股淤積的血腥味與腐臭鑽進鼻腔。

其中包含了在這三天戰鬥中傷重不治，被安置在後面房間的守城軍戰死者，以及才剛搬進來的攻城部隊死者。再過不久阻滯作戰部隊也會歸營，他們那邊的死者必定也會加入吧。基地的換氣系統目前只有恢復最小功能，短期間內屍臭是無法散去了。

不過，辛對此並沒有什麼特別感觸。

嗅覺早就習慣到沒感覺了。再說其實也沒必要現在才來介意這些，他老早就習慣了。無論是腐壞的血腥味，還是開始腐敗的人體異味。

沒出現在這裡的，剛從體內灑落的鮮血與內臟腥臭味也是。

胳臂穿過暗色襯衣的衣袖。他懶得打領帶，只有鈕釦扣滿到喉頭，領帶就擺著不理，逕自拿起外套。聯邦軍特有的朱紅領帶，看起來像是在薄暗中顯得色澤黯沉的殷紅陳舊血漬。

不只是為了遵守軍規，辛不願在他人面前露出傷疤所以平常從不拉鬆領帶或衣領，但他其實兩者都排斥。其實應該只是錯覺，然而他到現在還是時常覺得難以呼吸。

因為他直到現在，仍然時不時地會想起留下這條傷疤的哥哥的雙手。

辛搖搖頭，穿上了外套。他伸手抓住比一般西裝位置更高的鈕釦，想把它扣好。

這時，一股輕柔幽美的花香，拭去了淤積的腐臭與屍臭。

是一種如沐春風——而且是冬季結束後的早春花香。

不是自然界原有的香氣，是為了襯托而精心配合多種其他香氛，呈現的清冽甜美的香水味。

咦？辛睜大眼睛。

在附有第八六機動打擊群臂章與機甲部隊八腳悍馬徽章的外套上，唯獨只有這件具有上尉的階級章，是自己的軍服無誤。

可是它卻……

他自己並未察覺，脫口而出的聲音與連連眨眼的血紅雙眸，有如中了魔法般不再像之前那樣嚴厲苛酷。

「……為什麼……」

這件外套上，會有蕾娜的紫羅蘭香水味……？

你的氣息・蕾娜的狀況

即使奪回了基地，機動打擊群的作戰指揮官蕾娜，仍然有幾件事情要處理。

等到這些事情暫且告一段落，蕾娜待在只有維克、芙蕾德利嘉與馬塞爾留下的指揮中心，整個人陷進自己的椅子裡。真的累了。

然後她忽然想到一件事，猛地坐直了身子。

「對了，軍服……！」

穿著「蟬翼」的期間，蕾娜借用了某人的軍服外套。是一件聯邦軍的鐵灰色男用西裝外套。既然戰鬥已經結束，當然得早點物歸原主。

芙蕾德利嘉露出訝異的表情。

「嗯？余已拿去還他了喔。」

她這麼說，春蔥般的指尖指向一個方向。

從門沒關的指揮中心入口，可以看到辛從機甲戰鬥服換成了軍常服（Service dress），正從門前的走廊走過。

……咦？

蕾娜整個人當場凍結，維克不動聲色地移動了位置，讓門外的人看不見蕾娜。辛似乎沒注意到她，就這麼走遠了。不過他習慣走路不發出聲音，因此用聽的聽不出來就是了。

聯邦軍的鐵灰色男用外套。

比蕾娜大了一圈以上，但又不會太大，剪裁來說貼合個頭略高、身材偏瘦的少年體型。

她之所以會覺得，穿起來有點安心……

說穿了是因為……

那是辛的……

「不……」

懂得察言觀色的馬塞爾按下了指揮中心的門扉開關。

「不要啊啊啊啊啊啊啊啊啊啊啊！」

門扉用一種沉重的防爆門不該開關得這麼快的超高速關上，緊接著蕾娜的尖叫聲響徹了指揮中心。

看到鮮血女王羞恥到滿臉通紅，芙蕾德利嘉不懷好意地賊笑。

「總算發覺啦？汝個蠢貨。」

「芙、芙蕾德利嘉，妳算計我！」

「誰算計汝了，講得多難聽啊。余是看汝被那邊那條蝰蛇欺負，可憐汝才做點貼心的舉動嘛。」

「這、這叫貼心……」

「哦，余有說錯嗎？分明看汝喜歡辛耶那小子的軍服喜歡得不得了。」

「不要再說了！討厭————————————！」

維克露出半是傻眼半是憐憫的表情。

「是說，一看兵科章與階級章不就知道了嗎？原來妳一直都沒發現啊。」

代表機甲部隊的八腳悍馬徽章與上尉階級章的組合，在機動打擊群是辛的專屬。

「那……照你這樣說，該不會大家早就發現了吧！」

維克淡定地點頭，馬塞爾悄悄別開目光。

「嗯，算是吧。那個，大概……指揮中心所有人員都……」

「……！」

蕾娜已經連叫都叫不出來了。只覺得丟臉到幾乎快要昏倒。

「芙蕾德利嘉……！」

兩眼噙著淚一看，芙蕾德利嘉果然一臉邪惡，笑得非常得意。

做這點程度的小報復，想必沒人會來責怪她。

「真想替汝這副表情拍下照片，拿給辛耶那小子瞧瞧。」

咖啡與紅茶

「——報告完畢，米利傑上校。」

「辛苦了，諾贊上尉……我是說真的。」

收復要塞後，在當成臨時辦公室的房間裡，如同蕾娜隔著能用且用的辦公桌苦笑著說的，平常這麼晚的時間應該要熄燈了。由此可見身為戰隊總隊長的辛與作戰指揮官蕾娜，有太多事情等著他們善後。兩人之間只有幾次報告與聯絡，要等到現在才終於有時間閒聊。

蕾娜先站起來一下，伸個大懶腰。

然後拿起旁邊的水壺用紙杯倒了兩杯飲料，把其中一杯拿給辛。

「不嫌棄的話……看你好像有點神經緊繃。」

「喔……」

辛一面接過杯子一面嘆氣。他並不是沒有自覺，只是沒想到態度這麼明顯，連蕾娜都看出來了。

「抱歉。」

「不會。畢竟才剛經歷過那種戰鬥，你一定很累了，會有點火氣也可以理解。」

蕾娜遞給他的紙杯，裡面是呈現清澈紅色的合成紅茶。茶湯散發帶點藥味的芳香，是聯合王國軍用口糧(Combat ration)的即溶茶。

辛看了一眼，噗哧一笑。

「原來妳還會泡紅茶啊。」

蕾娜不滿地噘起了嘴唇。

「沒禮貌！我沒誇張到連這點小事都做不來。那個……」

她邊說似乎邊注意到了什麼，銀鈴嗓音愈講愈小聲。

「雖然熱水……是從廚房拿燒好的過來。」

看到她嘔氣似的把臉別向一邊，辛搖晃著肩膀嗤嗤發笑。

他自己卻沒發現，這是自從攻城戰結束到現在，他第一次自然展露的笑容。

也沒發現到蕾娜看看他，像是鬆了口氣般笑了起來。

等辛喝了一口放涼到適當溫度的紅茶，她微微偏頭。

「怎麼樣？」

「……很甜。超甜。」

甜到不愛吃甜食的辛有點喝不下去。

辛似乎一不小心就皺起了臉孔。蕾娜先是輕聲笑了笑，然後自己也喝了點紙杯裡的茶。動作就像小鳥飲水。

「真的，好甜喔。」

以嚴寒雪原為主戰場的聯合王國軍，軍用口糧的熱量設定得相當高。甜死人不償命的紅茶，說不定也是出於這項需求。

「記得在聯合王國，有時還會在紅茶裡加果醬？」

「這場戰鬥開始之前，我跟聯合王國軍的整備組員問過，但對方說至少在聯合王國的中央文化是不這麼做的。只是似乎會以糖煮水果或花卉作為茶點。」

「是這樣呀……真可惜。」

她顯得有些遺憾，看著略嫌過紅的水面。

總之辛能說的是，他無法理解怎麼會有人喝這種糖水還要再追加甜味。就像芙蕾德利嘉也是，難道說男性與女性在甜味受體上有著某種差別？

「辛比較喜歡咖啡，還是紅茶？」

被她這麼問，辛偏了偏頭。

雖然也稱不上喜歡……

「我比較習慣喝咖啡。不過兩者都是替代品就是了。」

咖啡豆與紅茶茶葉，都是生產自大陸南部到東部的地區。兩地目前皆被「軍團」大軍與電磁干擾所遮蔽，至今仍無法得知當地安危。

不同於用生產工廠合成品代替的紅茶，咖啡即使在第八十六區也容易找到菊苣或蒲公英等替代品。包括辛在內，八六大多傾向選喝咖啡，純粹只是出於這個原因。

「說得也是……我也已經喝替代品喝習慣了。」

淡淡苦笑著的蕾娜，在「軍團」戰爭爆發時年方七歲左右。當時無論是苦苦的咖啡還是具有獨特澀味的紅茶，她都還不愛喝。

雖然辛已經不記得自己那時喜歡喝什麼，不過……

「……總有一天，我會問你真正的咖啡或紅茶，你喜歡哪一種……到時候……」

用雙手包住紙杯，蕾娜注視著赤紅水面微笑。

彷彿遙望遠方，彷彿衷心祈禱。

「兩種的沖泡方法，我都會先學起來的。」

曾經共賞極光

即使說必須棄守列維奇基地暫時返回王城，明天再回到前線，從七年前就幾乎把所有時間用來對抗「軍團」的維克不需要現在才來做什麼準備，也沒什麼特別感慨。

拋下自己那間雖然奢華但幾乎沒有私人物品的房間，維克打開通往夜色露台的大窗戶走到外頭。

在氣溫不高的夜晚，阻電擾亂型(Eintagsfliege)的厚實銀雲會一時散去。唯有這種時刻，能有幸親睹宛如夜之女王一身銀狐皮裘鑲綴雪花的衣裙般暗空。

縱然氣溫再低，這個時期似乎還是無緣一睹。

維克仰望著與冰凍大氣極不搭調的初夏星座，如此心想。

蕾爾赫莉特她……

那個與他是同乳兄妹的女孩，是個就算因為年幼無知的口角或起衝突而心情不好，只要維克找到「那個」並且告訴她，就會把原本的眼淚與時間經過都忘得一乾二淨，看得出神的少女。

是個明明擁有報春鳥之名，卻也喜愛冬季情景的少女。

聯合王國的冬季，連靈魂也會凍結。

就連那樣嚴酷的季節，她都能找到值得珍愛之處……就是個曾經深愛這個世界的少女。

……但即使站在同一個地方，眼睛看見的事物卻大不相同。

假如她還活著，是否會有那麼一天，她會察覺到這點而感到絕望？

答案，已經永遠成謎。

聽見踩踏薄薄積雪的「沙」一聲，維克只用視線看向那邊。

在他俯瞰的庭園，一處星影落下的淡淡陰影中，悄然佇立著一位穿著宮廷女侍制服，四十歲前後的嬌小翠水種女性。

他認得那個面孔。

雖然記不太清楚，但應該從懂事之前就認得了。

「瑪蒂娜。」

那位女性，過去曾是他的乳母。

是蕾爾赫的——蕾爾赫莉特的母親。

「祝願維克特殿下明日起御駕親征，能得到冰雪女神的庇護。」

看到瑪蒂娜作為王城僕人受到嚴格訓練，從角度到時機無不正確完美到宛如機械人偶般行禮，維克聳聳肩。

「是啊。下次嘛，最起碼不會再夾著尾巴逃回來了。」

「別這麼說……請殿下這次，也一定要平安歸來。這是我唯一的心願。」

這次沒有按照王城的禮儀規範，女子低頭請求的動作，急切到幾乎要用頭撞地。

聲音帶著哭腔。

是這位情同母親的女性，每次迎接他從戰場回來時的那種聲調。

她的女兒還在世時是如此……過世後依然如此。

「殿下……那孩子——蕾爾赫莉特，現在是否仍能幫上您的忙？」

「……嗯。」

他沒殘忍到能告訴女子，她盡忠到「再次」失去脖子以下的部位。

這位侍女與維克的母親——瑪麗安娜王妃曾經關係親密。

瑪麗安娜王妃留下維克崩逝時，她也還抱著襁褓中的蕾爾赫。

只不過為了這點理由，這位女性與她的獨生女的人生，便全被宮廷買了下來。

豈止如此，她那唯一一個女兒，還被改造成仿造她的外型的活死人。

維克認為瑪蒂娜有充分的理由恨自己，但她自從七年前失去蕾爾赫莉特到現在，從來沒有表現過一絲恨意。

可是維克又要當著她的面，帶著她女兒的遺骸上戰場了。

「抱歉了，妳的女兒還不能還給妳。」

「別這麼說。」

眼睛轉去一看，瑪蒂娜抿緊嘴唇搖了搖頭。

「別這麼說。子女總有一天必須離巢獨立，遲早會展翅飛向父母親不知道的世界。」

她並沒有要求還人。

因為那是不可能的。

「那孩子只是比較早離開我的身邊罷了。她離開了我的身邊，飛到了殿下的手上。這是何等榮譽啊……那孩子本來是一輩子，都不可能享有如此殊榮的。」

「…………」

維克是紫瑛種又是王族，蕾爾赫……她的女兒蕾爾赫莉特則是翠水種，且是隸民身分。

豈止成為側室，連愛妾都當不成。

伊迪那洛克是最後僅存的紫瑛種異能血統。無論有何種理由，都不能失去這份異能。不能用其他色彩弄濁這份純血。

更別說僅僅出於一個王子的私情。

「……抱歉了。」

「不，這是那孩子的心願……既然如此，我能做的就是為她送行罷了。」

為了展翅高飛的小鳥，祈求小小的幸福。

86 ALTER VOLUME ONE

86

死神偶爾揮灑青春篇

They spent their adolescence there, on the battlefield.

[EIGHTY SIX]

The number is the land which isn't admitted in the country.
And they're also boys and girls from the land.

五月十九日（辛的生日）・其二

「……嗯？」

看到包裹的寄件人姓名，雷眨眨眼睛。來自齊亞德帝國，帝都聖耶德爾的……

「諾贊侯爵……是祖父寄來的啊。」

這位祖父住在被雙親捨下的祖國，雷與他素未謀面。父親似乎會定期寫信過去，但祖父從沒回過信，只有一次曾經寄來繪本當成雷的生日禮物。

雷很感謝他的一份心意，但坦白講那本繪本的品味實在頗差。雷正在撇嘴露出怪表情時，從柱子後面窺探門廳的幼小弟弟搖頭晃腦地走到他身邊來。看來他雖然對包裹很感興趣，但對送貨員（陌生人）還是有點怕怕的。

「祖父？」

「噢，辛你不知道是什麼意思吧。就是爸爸的爸爸啦。不過……他住在別的國家，所以見不到面。」

聽到雷這麼說，辛把頭歪向另外一邊。

辛知道什麼是祖父。青梅竹馬的麗塔家裡，偶爾會有個一頭白髮，但跟麗塔的銀髮不同顏色、滿臉皺紋的男人來玩。但是在辛的家裡提都沒提過這樣的人，所以他以為就像有的朋友家裡會有「老嬷子」或「女僕」，有的沒有一樣，也不是每個人的家裡都會有祖父。

「我也有祖父？」

「有啊。還有雖然已經過世了，不過媽媽也有爸爸，他也是祖父……拿去吧。」

包裹的收件人是辛，看來應該是生日禮物吧。雷雖然覺得沒有先拿給父親也許不太好，但還是當場打開包裹拿出內容物。

他猜得沒錯，裡面裝的是繪本。是一本綁上黑色絲綢緞帶——光看這個，雷就覺得這本的品味也沒好到哪去——封面是無頭骷髏騎士的繪本。

就知道又是這個。雷的嘴角拉得更低了。

大約在十年前，自己收到的也是這本繪本。現在重讀會覺得故事情節還滿有趣的，但畢竟主角就是封面上這位無頭骷髏閣下。對一個孩子的心靈來說太恐怖，雷幾乎很少翻閱。

更別說辛的個性有點膽小，恐怕更不敢看了……

然而他猜錯了，辛發出「哇啊」歡呼，兩眼發亮。

「圖畫書！」

「這是要送給辛的，說是祝你生日快樂。」

包裹裡有兩封信，卡片式的那封是這麼寫的。而且文字淺顯，小孩子也看得懂。

另一封是給父親的封緘書信，因此雷把卡片與繪本給了辛。即使是雷能單手拿著的大小，拿在辛的小手裡還是太大了。最後他用雙手抱進懷裡收下。

辛就這樣兩眼閃閃發亮地盯著封面的骷髏騎士閣下——容雷重複一遍，看在他眼裡實在很恐怖——讓雷表情微微抽搐著問他：

「……………………要哥哥唸給你聽嗎？」

「嗯！」

齊亞德帝國把國名與政體一併改成了齊亞德聯邦，但諾贊家族仍然對政府與軍方發揮極大的影響力。

僱用到家中見習的僕人家族子女，沒有一個不會在諾贊家巨大寬廣的首都別邸迷路。在一塊地毯就好像能容納一棟平民住宅的辦公室裡，諾贊侯爵塞耶·諾贊的眼睛轉向一旁候命的管家。夜黑種純血的漆黑眼瞳銳利如鷹。

「史都華。」

「是，老爺。」

大貴族的僕人應當以影子自居，但被主人叫到時另當別論。諾贊侯爵繼續坐在辦公桌後面，抬頭看著穿戴老派燕尾服與單片眼鏡的管家走上前來。

「我記得你有個孫子，去年滿十八歲了。」

「家裡讓他就讀軍校。只是表現得還不夠好，不配受到老爺的青睞。」

「我倒是聽說他表現優異，不過我不是要問這個。那個……是這樣的。」

過去曾經將帝國軍隊足足半數納入麾下的老齡猛將，簡直像個經驗不足沒有決策能力的新兵少尉般支吾其詞。

「那個年紀的孩子，如果要送他生日禮物的話，送什麼才能讓他高興？」

老管家微笑了。

「您是要送給辛耶少爺吧。」

亦即拋下諾贊家，甚而捨棄帝國出奔鄰國的諾贊侯爵之長子——雷夏的兒子。所以這名少年就是諾贊侯爵的孫子。「軍團」戰爭爆發後各國之間失去聯繫，使得這名少年長達九年生死未卜，但在大約兩年前於聯邦此地的戰場得到保護。

自從接到目前的監護人——聯邦臨時大總統的聯絡，諾贊侯爵多次表示想見面，但聽說辛本人一再回絕，至今仍未能實現。

「這個嘛……既然是送給將滿十八歲的男孩，我想最好的……」

老管家一本正經地點了點頭。

「應該還是零用錢吧。」

諾贊侯爵整個人碰地趴倒在厚重的黑檀辦公桌上。

緊接著他猛地抬起頭來破口大罵：

「懂事之後第一次收到祖父送的生日禮物，怎麼可以是這麼功利主義的東西！」

「事事要向錢看嘛。」

「少跟我耍嘴皮子！」

諾贊侯爵跟這個一手摀著嘴憋笑的兒時玩伴大吼大叫。這傢伙從半個世紀以前就一點也沒變，激怒人的功夫永遠是這麼高深！

「話是這麼說，但您又不知道辛耶少爺喜歡什麼。」

「這……是沒錯。」

「真要說的話，就算是長年同住一個屋簷下的孫兒，只要過了十歲，跟朋友共度的時光就會比祖父久。就是因為不可能知道孩子想要什麼才會給零用錢讓他們自己去買，您卻想買到至今未曾謀面的辛耶少爺喜歡的東西，只能說實在是不自量力，噗哧。」

「夠了沒啊！」

這次竟然給我故意噴笑出來。

看到諾贊侯爵終於煩惱到抱頭苦思，老管家收起揶揄的笑意。

「……辛耶少爺表示目前還不想見面、心情還沒整理好。您能體諒他的心情，但還是想為他慶生對吧？既然如此，那就送老爺您覺得具有祝賀意義的禮物吧。我想只要贈送的禮物能夠祝福少爺健康成長到今天，就足夠表達心意了。」

「——噢，還有一件事。派兵期間有一份給上尉的包裹，請上尉順便領走。」

「包裹？」

在機動打擊群總部——軍械庫基地聽到相關部門的軍曹這麼說，辛皺起眉頭。

今年春天辛受派至聯合王國為期約兩個月，現在回來時已是初夏季節，但他不記得有訂購什麼東西會在這兩個月內送到。在共和國的迫害下失去家人的八六，也沒有人會寄信或包裹給他們。

軍曹沒理會辛訝異的表情，從後面的倉庫把包裹拿過來。聯邦的網購系統，對於自幼就受困於戰場的八六來說似乎很稀奇，聽說有很多人明知有派兵任務，還是訂購了會在任務期間送到的商品。當然在當事人歸國之前，這些包裹只能一直占據倉儲空間，所以負責的軍曹一定很希望大家快來領走吧。

「來，這是你的包裹……這是簽收單，確認無誤後請簽名。」

對方把大小與重量一手就能拿得動的小包裹，連同專用手寫筆與電子紙一起塞給他。

小包裹已被軍方打開檢查，上面有重新密封的痕跡與驗證印章。寫在簽收單與小包裹標籤上的寄件人姓名是……

辛看到名字，眨了眨眼睛。

「諾贊侯爵？」

這個昔日帝國的大貴族，自稱是他的祖父。辛至今一直拒絕見面，對方似乎也體諒他的狀況，從來沒寄過信或包裹等等……

「上尉不是在派兵期間過了生日嗎？包裹似乎就是那天送到的。我猜應該是禮物吧。雖然有點晚了，祝上尉生日快樂。」

「喔……」

他不說辛都忘了。

說到生日，辛一邊心想勉強趕上了蕾娜的生日，一邊用多功能萬用刀開封。

關於祖父……

他本來一直不想見面。不是沒必要，而是不想見。

現在他不這麼想了。雖然他還是不特別想見面，但也沒有排斥感。

同時他也覺得，為了面對一些事物，應該見個面。

為了一邊祈求能夠取回失去的事物，一邊面對內心深處害怕失去的事物。

包裹裡印有浮誇商標的盒子，繫著彷彿以夜色織就的黑絲綢緞帶。辛解開這條讓他覺得品味似乎不是很好，但不知為何又帶來些許懷念感受的緞帶，打開了盒蓋。

「……相框？」

而且是一個相框就能放好幾張照片的書本……或者是相簿造型的全家福設計。放照片的銀框玻璃頁面全部留白，只有第一頁夾著一張熟悉的骷髏圖畫卡片——很高興能「再次」為你送上這句祝福。

生日快樂。

「…………」

這些對辛來說都很陌生。他慢慢地用指尖，摸摸不知為何同樣讓他感到有些懷念的這幅圖畫，以及龍飛鳳舞到不太好閱讀的文字。

無論是雙親、哥哥或自己過去的照片，都一張也沒留下。辛也已經不記得他們每一個人的容顏。

但是諾贊侯爵那邊，也許還留存了父親寄去的照片或書信。如果有了那些，相框與記憶的留白想必多少也能得到填補。

意思是叫辛去填補空白——去見他嗎？

還是說……

辛暗自露出一絲微笑。

感覺似乎被那位素未謀面的老人，推了背後一把。

「你是要我用今後獲得的事物，把它填滿嗎？——諾贊侯爵。」

雖然，辛還無法稱他一聲祖父。

但可以先去問清楚送這個相框的用意，以及骷髏圖畫的由來。

辛如此心想，把沒有照片的空相框放到了書桌上。

學不乖的死神

「——諾贊上尉。」

經過漫長的沉默，維蘭．埃倫弗里德參謀長說出的話，語氣明顯到以他從不容許外人看穿自己心思的作風來說極其反常的地步。

就是澈底的傻眼。

「我看你是一點學習能力也沒有。你該不會又忘記了吧？聯邦的機甲——『女武神』的任務紀錄器會把駕駛員（Operator）的發言記錄下來啊。」

維蘭參謀長與在座各位將官的視線集中於一處。被他們盯著的辛坐在臨時搬進來的折疊椅上，維持著原本的姿勢宛如冰雕般僵住不動。

其中一名將官面露細看孫兒惡作劇結果的祖父般古風式微笑，帶著這種表情操作手邊的全像視窗按下「再次」顯示的播放鍵。從頭到尾播放過的聲音紀錄，其中一部分再被重播一遍。

『請不要留下我一個人。』

折疊椅上的冰雕似乎痙攣了一下，但維蘭參謀長不理他。

「諾贊上尉，你畢竟也才十八歲，我可以諒解你正值那個年紀。雖然可以諒解，但請你在作戰時收斂點好嗎？你知道這個會議室在不知情的狀況下播放這段紀錄時，大家有多尷尬嗎？那種氣氛就叫做如坐針氈。」

畢竟現場盡是將官級人員——亦即軍中晉升至最高階級的一群軍人。

雖說長達十年的戰爭讓他們的平均年齡比平時年輕許多，但幾乎都是有了孩子的年紀。毋寧說二十幾歲的單身漢，就只有官拜准將的維蘭一個人。

當然，他也曾經跟辛一樣年少無知，但現在已經是懂得重視事理、責任與名譽的歲數，實在不可能再像青春時代那樣亂來。而且在他現在這個年紀會很想把青春時代的各種失控記憶悄悄封印起來，當作什麼都沒發生過。

結果卻聽到那段超級直白的青春發言。

啊啊。

該怎麼說呢？

年輕人真是夠膽啊……

全體將官無不帶著這份心情目光飄遠，看起來十分無厘頭。

順便一提，據說不慎聽到了同一份紀錄的葛蕾蒂，被這種青春光采燒到沒辦法像上次那樣在任務報告時播出作弄人，直接昏倒在辦公桌上老半天沒清醒。

此刻諸位將官集合的會議室上演的慘狀，好吧，也沒好到哪去。

「哈哈哈，上尉也正在燃燒青春呢。哈哈哈哈哈哈哈哈哈哈哈哈哈哈哈哈哈哈哈哈哈哈哈。」

「鎮定點，快回魂啊！別去回想那段吟詩式告白慘遭被甩的過去！」

「艾美……我多希望現在就能見到妳啊，艾美……好想吃妳做的蘋果派……」

「打電話給她啊。還有不要哭哭啼啼的，不是只有你一個人想家。」

「與其讓我女兒……讓我女兒哪天也被人這樣拐走……不如趁早把所有不知天高地厚的野小子都給……！」

「保護過度反而會被嫌棄喔。再說拿三〇毫米機槍對付人是不是有點火力過剩了呢？」

「……就像上尉你所看到的，災情慘重。我說真的，不要再那樣了。拜託你收斂點，算我求你了。」

「你還跟他講兩遍啊，因為事關重大是吧。」

「容我講一句，維蘭你在上尉這個年紀時，我也一直很想叫你收斂點。說起來你這傢伙也真是的，為了葛蕾蒂——」

「學長，你再說我就把你跟夫人的相遇情形昭告天下喔。例如你寄給夫人的情書內文等等。」

「你！你這傢伙怎麼會知道……！」

「是學長太缺乏文采，我才會照你想表達的內容幫忙撰文啊，你忘了啊？……雖然做複本只是順便。」

「這算哪門子的順便啊！你這傢伙實在是……！」

「埃倫弗里德准將、亞納少將，你們要吵去其他地方吵。」

「不，我先說句話。亞納你這傢伙，再怎麼說也太不應該了吧。要跟暗戀的女性表達情意的話，就算言詞再怎麼笨拙也應該用自己的話來表達，這才是帝國貴族男兒應有的姿態啊。」

「應該說埃倫弗里德，雖然是替人代筆，原來你還寫得出情書啊……或者應該說你還願意幫人寫？真令我意外。」

桌旁列席的幾個人借題發揮，開始七嘴八舌地吵了起來。

除了七嘴八舌的那幾個人之外，其他人不是笑到趴在桌上，就是想起留在故鄉的配偶為思鄉情所苦，再不然就是想忘卻的回憶重回腦海，變得眼神死透。

最為年長的老少將不知道是怎樣，露出靜觀孫兒戀情發展的神情興沖沖地拿出糖果等等，身為西方方面軍總指揮官的中將則是憋笑憋到臉孔抽筋。

將官的威嚴，早就蕩然無存了。

要是這場會議的議事錄外流出去，搞不好會弄到軍方分崩離析。

不過也是因為如此，會議其實從一開始就沒做記錄。

而目睹這副慘狀的唯一一名閒雜人等也就是辛，還是一樣跟尊冰雕似的沒恢復過來。

可能是實在不忍心了，平常總是跟著參謀長，現在站在辛坐著的椅子斜後方的副官少尉，彎身悄悄對著動也不動的辛耳邊低語：

「上尉，晚點我再告訴你如何刪除檔案。」

「約納斯，我聽見了，不許你光明正大地教他如何違規。我會更改刪除步驟……真要說的話……」

維蘭參謀長用鼻子哼了一聲。

「上尉他本人根本沒在聽吧……我看他靈魂都從嘴巴飄出來了。」

順便提到當時的阿涅塔與達斯汀

「──咦？不是，我當然不會去了。」

阿涅塔一副「這還用說嗎」的表情說道，讓蕾娜陷入短暫沉默。

結束了聯合王國的派遣任務，蕾娜問問看阿涅塔從今天起的休假計畫，結果得到的是剛才那個回答。

「為什麼？」

「當然我很感謝你們的好意，可是再怎麼說，去大總統閣下的家裡作客還是太那個了。感覺會很有壓力。」

「我也有點不想……」

達斯汀也用稍微客氣點的語氣附和。

他自從四月機動打擊群成立以來就一直作為第一機甲群人員忙到現在，今天才開始放假；身為作戰指揮官的蕾娜與知覺同步研究員阿涅塔也是如此。

辛、萊登與賽歐等五人在文件上的監護人──聯邦大總統恩斯特・齊瑪曼先生關心他們在祖國淪陷後無家可歸，於是邀請他們到家裡來玩。

附帶一提，齊瑪曼先生本人在放假的前幾日打電話來找辛，就從模糊聽見的聲音來判斷的話，該怎麼說呢？似乎不是那種會給人壓力的人物。講得具體點就是他在電話另一頭嚷嚷著『那麼等你們回來，我們就來開趴吧！耶～！』被辛用摔的掛斷電話。

「……我覺得他也沒有那麼古板啦。」

不如說其實是個活潑開朗的人。

只是說有點活潑過頭，好像搞得旁人有點累。

「我說的不是人品，是頭銜。大總統耶，大總統……總之，我會用自己的方式放鬆度假啦。而且我想趁著假期整理一點東西。」

「整理東西？」

「像是辛他共和國那個家裡的藏書之類。辛跟他的家人被押走之後，沒被洗劫的財產都由我家買下來收藏了……辛不是去了他爺爺家嗎？既然這樣，他或許也會想看看我這邊的東西吧。」

「嗯？」達斯汀轉過去看她。

「少校，需要我幫忙嗎？既然說是藏書，對女生來說應該很重吧。」

「嗯——或許是可以請你幫忙，不過只限不涉及個人隱私的部分喔。其中也包含了一些研究資料什麼的，那些我來就好。」

關於辛是知覺同步的起源異能者之一的事，阿涅塔並未向共和國或聯邦報告。據說她仗著原始資料沒有記載個人姓名，宣稱當事人在強制收容後下落不明。

先不管這些，蕾娜微微偏頭。說是研究資料，但數量應該很龐大吧。

「那要不要我去幫忙？」

聽她這麼說，阿涅塔苦笑了。

「妳扯到哪去了啦。這些事妳別管，去盡情享受就對了。享受同住一個屋簷下的樂趣。」

雖然阿涅塔沒明說跟誰……

但蕾娜還是被弄得滿臉通紅。

……對耶，真的是這樣。

「咦？幹嘛？難道妳原本沒想到？」

「嗯，就……」

蕾娜羞紅著臉支吾其詞。

向來忠厚老實的達斯汀，罕見地露出有些厭煩的表情悄悄嘆一口氣。

因為有你在・蕾娜的狀況

蕾娜就這樣以機動打擊群人員的身分迎接了第一個假期，受邀拜訪身為辛等人在文件上的監護人——聯邦大總統恩斯特・齊瑪曼的府邸。

她隨同賽歐、可蕾娜與安琪，一起來到這幢位於聯邦首都聖耶德爾一個閑靜角落，外觀時尚但是讓大陸最大超級強國的最高掌權者來居住算是小巧的宅邸。先回來的芙蕾德利嘉，跟陪著她一起回來的萊登與恩斯特迎接大家。

跟芙蕾德利嘉還有萊登一起回來的辛，他們說還沒從祖父家回來。迎接蕾娜到來的芙蕾德利嘉臉有點臭，面露苦笑的萊登說是因為她在龍牙大山據點攻略作戰受了傷，被恩斯特以及家中女僕泰蕾莎唸了很長一頓。

辛聯絡他們說晚餐會在祖父家吃，因此大家在他缺席的情況下吃了晚餐，然後在客廳一起聊天玩遊戲。泰蕾莎準備的菜色全都是共和國傳統料理，讓蕾娜不禁濕了眼眶。後來大家迎接辛回來，慣用手受傷還抬不太動的芙蕾德利嘉什麼事都跟辛撒嬌，玩牌輸得慘兮兮的恩斯特則是幼稚地擺著一張苦瓜臉。

最後當夜色漸深，芙蕾德利嘉開始打瞌睡時，這段快樂的時光也宣告結束。

大概是特地為蕾娜鋪的吧。在為她安排的客房，蕾娜躺在統一使用女性取向柔和色調的織品的床上，一面委身於迅速來襲的睏意，一面回想今天一天的點點滴滴……多麼快樂又幸福的一天啊。讓人希望這樣的日子能永遠持續下去。大家都在歡笑。辛也是，雖然他的情緒反應總是那麼淡薄，但也帶著笑意。

這時，她忽然發現了一件事。

蕾娜分到的這間客房，隔壁就是……

辛剛才帶她來到房間後，直接轉身走進了隔壁房間。當時其他人也都各自回房準備就寢。在這種情況下，換言之那個房間就是辛在這幢府邸裡的臥室吧。

也就是說……

蕾娜這個房間，跟辛的房間只隔著一面牆壁。

一發現到這點的瞬間，蕾娜莫名其妙地變得滿臉通紅。

此時大家都睡了。也許是夜深人靜的關係，她彷彿能感覺到隔壁的氣息與呼吸，還有比她略高的體溫。

當然不可能有那種事，鐵定是蕾娜多心了。雖說屋子以大總統的府邸來說小了點，但沒簡陋到聽得見隔壁的風吹草動。更不可能聽見本來就習慣安靜行動的辛，發出的氣息或呼吸。

可是……

——對了，其實仔細想想，我好像是第一次待在他的身邊這麼久……

她按住發熱的臉頰，沒把話說出口，只在心裡自言自語。

雖說在同一棟軍事基地度過了幾個月，但畢竟是上校與上尉。彼此起居室有段距離，每天行程也意外地不會重疊，雖然用餐或自由時間可以私下聊聊，但還是會有點顧慮旁人的眼光。

可是，今天就不同了。一切都是第一次。她是第一次看到辛穿便服……也是第一次看到他的神情那麼放鬆。

在基地沒有過，在戰場更不可能表現得這麼居家。辛整個人很鬆懈，有點發懶。不是東部戰線的無頭死神，也不是機動打擊群戰隊總隊長——說穿了就是辛的真我面貌。

這讓她感到很新鮮……卻也有點靜不下心來。

能夠拿掉身分立場與扮演的角色，踏進辛最私人的空間……自己跟辛的距離已經如此貼近的事實，不知為何讓她心跳加速。

深夜的寂靜，讓心跳聲顯得莫名地清晰。她有這種感覺。

——不至於被辛聽見吧……！

這份疑慮讓蕾娜更加靜不下心，用散發花香的毛毯把頭蒙了起來。

因為有妳在·辛的狀況

於是辛就這樣初次造訪祖父的家，婉拒對方再次提出的過夜提議，回到文件上的監護人恩斯特的府邸。

打開大門，先回來的夥伴們與芙蕾德利嘉，還有受到恩斯特邀請的蕾娜用笑容迎接他。但即使是恩斯特的這幢府邸，也並不讓他有回到家的感覺。

蕾娜不知為何像是哭濕了眼睛，一問之下才知道是女僕泰蕾莎做的共和國料理，勾起了她的思鄉之情。

那個國家對辛來說，早已不再是祖國，也感覺不到任何故鄉情懷。但那個國家對蕾娜來說仍然是祖國……是令她懷念的故鄉。

到這時候辛才痛切體會到，忘了吧，捨棄吧……都不是能隨便說出的話。

也在這時候發現，因為共和國是迫害者，機動打擊群幾乎都是受迫害的八六，所以可能讓蕾娜有所顧慮……幾乎不敢為了故鄉的毀滅悲嘆。

只不過是自己沒察覺，其實彼此的內心已經有了距離。

他下定決心，告訴自己今後必須付出更多關心。如同蕾娜在雪地戰場說過的那樣，要願意表達。即使一開始只講些無關緊要的事也好。

大家在客廳圍著大桌子玩芙蕾德利嘉喜歡的卡牌遊戲，辛中途加入。蕾娜瞪著手上開扇的牌，不同於注視戰況地圖或作戰資料的時候，表情就像個隨處可見、無憂無慮的少女。這讓辛自然地展露笑容。先不論慣用手受傷還抬不太起來的芙蕾德利嘉動不動就來撒嬌，恩斯特玩牌輸得慘兮兮還幼稚地擺苦瓜臉，看了實在彎煩的。

最後當夜色漸深，芙蕾德利嘉開始打瞌睡時，這段快樂的時光也宣告結束。

「那麼，辛，晚安。」

「嗯，晚安。」

辛帶蕾娜到泰蕾莎準備的客房，互道晚安後回到自己的房間。他鑽進比起軍隊或第八十六區的窄床大上很多，還有點睡不習慣的床上。

這時，他忽然發現了一件事。

恩斯特的府邸房間比人口多出很多，會把閒置的房間當成客房使用。應該說辛他們分配到的房間其實原本也是客房，因為這個隔壁沒人住的房間最安靜，於是夥伴們就把它分配給了辛。

也就是說……

辛這個房間，跟蕾娜的房間只隔著一面牆壁。

一發現到這點的瞬間，心中隨即湧起幾乎讓他渾身虛脫的安心感。

……就在身邊。

她離自己是如此地近，不會再突然消失。不會被蠻橫冷酷無情地奪走。

自己不會被拋下。

這項事實讓他極度放心，安心感受又讓他失去緊張感，一陣幾乎是強制性的、難以抗拒的強烈睏意來襲。

急速落入沉睡深淵的大腦，彷彿又聽見了知覺同步另一頭的銀鈴嗓音。

——我不會留下你一個人。我會等你。一定。

因為，蕾娜對他那樣說過。

所以今後，自己也要……

兩年前，以為將成為最後告別，交談的話語重回腦海。

——不要留下我一個人。

如果是現在，他一定會給予不同的回答。

最後產生這個念頭，辛就這樣落入了心滿意足的漆黑沉眠中。

四月二十日（賽歐的生日）

在八六們之間，目前正流行送生日禮物。

原本早已遺忘了生日的八六本來沒什麼慶生的概念，但共和國出身的蕾娜、阿涅塔或達斯汀，還有聯邦出身的葛蕾蒂或馬塞爾都會送禮物，他們看了似乎覺得很好玩。大多都是同一個戰隊的隊員彼此贈送，然後過去曾經屬於同個戰隊的同袍也加入其中，開始互贈點心、布偶或一些小東西。

也或許是聯合王國的作戰結束，大家搬到附校宿舍兼放假，讓緊張感鬆弛了一點。

總而言之……

「賽歐，來，這個送你。雖然太晚講了，祝你生日快樂。」

「不是，我說啊……我知道現在正在流行這個，可是……」

賽歐渾身無力地低著頭，看著安琪笑容可掬地拿給他的「禮物」。

「真要說的話，我好像是四月出生耶。現在都七月了，不用勉強幫我慶祝沒關係啦。」

由於派兵前往共和國加上查明生日的時機問題，賽歐他們四月出生組都沒能在當天慶生。

即使如此，蕾娜仍然在派兵前往聯合王國之前說：「雖然晚了點。」送他一套彩色鉛筆，讓賽歐有點小高興。

然後其他戰友見狀，就說雖然拖得更晚了但還是想幫他慶生，這份心意的確也讓賽歐很高興沒錯。

如果是真心要幫他慶生的話。

「那怎麼行呢？來，收下吧。」

「最好是妳說的這樣！安琪妳跟辛、萊登還有大家，根本都是存心開我玩笑吧！」

賽歐忍不住聲音大了起來。

安琪拿給他的，是一隻掌心大小的可愛狐狸布偶。

這是無所謂。雖然賽歐沒有特別喜歡，但能明白這是來自於他的識別標誌。

問題是就在十五分鐘前，臉上略帶同情的辛也送給他一隻狐狸，是個有點逗趣的擺飾，再十分鐘前過來的可蕾娜、更早過來的芙蕾德利嘉、萊登與阿涅塔，也統統都是送狐狸造型的布偶、小東西或童話書，宣稱這叫禮物硬塞給他。

大家都來這一套，實在讓他無法不覺得自己被捉弄了。

「啊，還有這個是西汀給你的，說如果狐狸周邊拿不動了的話可以用來裝。」

「……竟然又是狐狸造型的籃子，我反而很想知道這是在哪裡買的！應該說西汀！我聽見妳在旁邊偷笑了！」

然後過了十分鐘，可能是實在沒梗了，達斯汀拿著在某個國家常常跟狐狸畫成一組的動物「狸貓」布偶過來，於是賽歐毫不客氣地把布偶砸到他臉上。

『……痛死了……這裡是射手座，目標阻滯作戰成功……再鬧下去可能真的要激怒他了，你們那邊情況如何？』

「雪女呼叫射手座……達斯汀，你表現得很好。回來吧。」

安琪隔著知覺同步，聽著犧牲小我完成阻滯作戰的達斯汀撤退的腳步聲，同時如此說道。學校內禁止攜帶同步裝置，但校方今天會特別破例。附帶一提，破例是先斬後奏，晚點才要去徵求許可。

「那就這樣了，蕾娜，拜託妳嘍。」

「好的，我去去就回！」

急著跑去接人的蕾娜，銀色長髮此時沾上了彩色粉末，變得色彩斑斕。

阿涅塔看著她跑走，呼出一口氣。

「沒想到會這麼花時間……」

「要不是我想到這套阻滯戰術的話，絕對來不及的～」

「……我是覺得那種作法有待商榷……」

西汀高聲哈哈大笑，一旁的辛半睜著眼吐槽。阻滯戰術所需物資，是他跟蕾娜十萬火急到隔壁城鎮採買來的（大家一致認為是約會……更正，是當嚮導帶她逛過街，應該很熟悉路線才對），但就連他也被這一大堆的狐狸周邊弄得厭煩透頂。

萊登啪啪拍拍雙手把沾上的粉弄掉，說：

「可是光只有原本準備的東西，又還是有點沒趣。」

「對啊。」

可蕾娜一面驕傲地仰望她跟大家的努力成果，一面點頭。她沒注意到鼻尖沾到了顏色就用手背去擦，用畫了條粉紅橫線的臉咧嘴笑了。

這裡是學校的空教室，沒有任何桌椅，只有講台與黑板。黑板是古色古香的墨綠色，但此時一塊墨綠色的部分也不剩。

除了出去執行阻滯作戰的幾人以外，其他所有人分頭替黑板塗上顏色。他們用掉了好幾支粉筆，時間花得比想像中久，所有人回過神來時都弄得滿身粉末。

即使如此……

「每次都是他幫我們畫，我們也想替他畫點什麼嘛。」

五分鐘後。

被蕾娜帶來的賽歐懷著戒心走進教室，看到在場所有人集資買下、裝在大手提箱裡可以帶著走的整套畫具，以及所有人的識別標誌簇擁著賽歐的標誌畫滿整塊黑板的黑板畫，他愣愣地張著嘴呆站原地。

星雨檸檬水

八六是一群活過了第八十六區絕命戰場的精兵。

話雖如此，私底下仍然是十來歲的少年少女。

有著年輕人的旺盛好奇心，以及莽撞的部分。

「你們在做什麼啦，真是……」

一副頭髮與衣服都弄得濕淋淋的慘狀，蕾娜呻吟著說。鼻子裡都是檸檬香氣，皮膚感覺得到碳酸的刺激。

據說把某種糖果放進碳酸飲料裡，會產生大量泡沫猛烈噴發。

辛他們幾個年紀較大的八六不知從哪裡聽來這件事，於是立刻試它一試。

明明只要用一瓶五百毫升的試試就好，他們十幾個人卻各自拿著兩公升寶特瓶一齊下手。

結果導致超過二十公升的檸檬蘇打，變成了遠遠超出預料，高達兩公尺的水柱向外噴發。在場所有人全被淋成了落湯雞。

還殃及了正好經過的蕾娜。

八六都還是十幾歲的少年少女，有著年輕人的旺盛好奇心，以及莽撞的部分。

因此有時候也會像這樣，出於一時衝動或是心血來潮搞出讓人無言的大烏龍。

西汀、萊登、賽歐、克勞德、托爾還有尤德他們一看到蕾娜的慘狀立刻拔腿就跑，只有辛一個人留下來。他臉上寫著「糟了」僵在當場。

然後變得垂頭喪氣。

「……抱歉。」

「真是……」

由於他那副表情實在太沮喪了，不知為何讓蕾娜沒辦法再跟他生氣。

空氣中依然充斥著濃濃的檸檬香。碳酸氣泡在皮膚上爽快地彈跳爆開。

無意間，她覺得這有點像是銀河無數的閃耀恆星。

「現在是夏天而且是在屋外，所以還沒關係。但下次要注意，知道嗎？」

仰看著個頭比自己稍高，同年齡的淘氣鬼……

蕾娜就像個比他年長的大姊姊，露出苦笑。

七月十二日（蕾娜的生日）

「蕾娜，祝妳生日快樂嘍。」

說完，萊登就像在說「拿去」那樣，把一個帆布製的大托特包遞給她。

淡淡櫻花色的包包上，有著貓咪的重點裝飾刺繡圖案。雖然設計造型很可愛但側片做得較寬，加上強調實用性的堅固布料與縫製，感覺比較像是主婦的購物袋而不是禮物。

「謝謝你。對耶，是今天沒錯……」

最近太忙，她完全忘了這事。

「嗯……那妳今天一整天加油吧。」

……加油什麼？

原來如此，難怪萊登會送她這麼大一個購物包。

「啊，蕾娜，找到妳了。祝妳生日快樂。來，這給妳。」

賽歐在走廊上叫住她，把一本綁著緞帶的風景畫集放到她手上。

「因、因為上次收過妳的禮物，想說回個禮。沒別的意思喔！」

可蕾娜把漲紅的臉轉向一邊，送給她可愛的貓咪造型相框。

「這個聞起來很香，妳可以放在辦公桌上……只要勤於整理桌面以免這個被擋住，桌上就不會像上次那樣被文件大海淹沒嘍。」

安琪調皮地笑著，送給她裝在愛心型籠子裡的香氛乾燥玫瑰。

「拿去吧，此物給汝。汝就拿去當茶點吧。」

芙蕾德利嘉送她一盒寶石般的糖漬紫羅蘭。

「來，蕾娜。這是我要送妳的禮物。參加派對什麼的時候要戴喔。」

阿涅塔送她鑲嵌著小顆紅色與白銀寶石，宛如一串橙花、精雕細琢的頸鍊。

「上校，生日快樂。偶爾塗一點或許也不錯唷。」

葛蕾蒂送她商標圖案色彩鮮豔的酒紅色口紅。

「啊——上校。謝謝妳在各方面對我的關心，那個，這是純粹作為部下的一點心意。」

達斯汀一面視線四處游移顧慮不在場的某某人，一面給她一整套的手帕。

「女王陛下女王陛下～因為某某人絕～～對還沒打算給妳這種東西，所以妳就先戴著這個吧。」

西汀笑得非常不懷好意，送給她掐絲珐瑯的戒指。

「米利傑上校，聽說妳今天生日是吧。」

「所以這是我們送妳的。聯邦沒幾家紅茶品牌，要找茶行想必不容易吧。」

不知為何理查少將與維蘭參謀長來到了軍械庫基地，送她罐裝合成紅茶與白瓷茶具組。

「嗶！」

想不到竟然連菲多也送她似乎是從基地後面森林裡折來，在這季節難得一見的歐丁香帶花樹枝。

每走幾步路就有人叫住她，招手叫她過去，伴隨著各自不同的祝福話語，送給她的禮物也愈來愈多。

蕾娜沒想到會得到大家這麼多的祝福，總覺得心裡癢癢的很開心。「啊！上校，今天有七月組的生日特餐喔。」人高馬大的主廚擦身而過時對她露齒而笑。

她抱著裝得滿滿變得相當沉重的托特包，好不容易才回到辦公室。

咦？

她之所以覺得奇怪，是因為副官伊莎貝拉·佩施曼少尉不知為何，站在會客沙發組前面這個不自然的位置。站在那裡就像是用她的纖瘦身軀，擋住白蝶貝工藝的茶几。

佩施曼少尉繼續站在那個謎樣的位置，用她特有的淡泊聲調說道：

「『花束』是我送的。」

「啊……謝謝妳。」

所以才站在那麼奇怪的位置？

「東西很精細而且對女性來說有點重，所以我懂他為什麼要自己拿來擺。但既然這樣，我認為他應該留下來等您才對。」

「………？」

蕾娜用眼神詢問她這話的意思，但佩施曼少尉沒回答，只把菲多送的歐丁香花從包包裡抽出來插進背後的花瓶裡，隨即快步走出房間。

藏在她背後的茶几，這時才終於映入蕾娜的視野。水晶花瓶裡插著百合花束與歐丁香帶花樹枝。在那花卉形成的淡淡陰影下……

多出了一個早上她離開辦公室時，還不存在的物品。

那是一個異國風情設計、鑲嵌著銀砂與螺鈿的紫檀木盒，伸出一根圓筒彷彿俯看盒內部分外露的銀色結構，上面斜蓋著一塊圓形鏡子。硬要舉個類似物品的話，大概就是顯微鏡吧。

盒子附有滿大的一個發條，看得出來是音樂盒。喀喀有聲地上發條後，就開始發出蕾娜沒聽過，但不知為何令她懷念的旋律。同時，圓筒底端內藏寶石碎粒的玻璃零件也開始旋轉。圓筒裡有鏡子，看來是萬花筒。圓形鏡子映照出變化萬千、有如孔雀羽毛或玫瑰花窗的繽紛圖案。

蕾娜覺得這一切都好美，一回神才發現自己看得出神。勾起鄉愁的曲調，還有這變化多端的光影與色彩。

不知為何，蕾娜知道贈送這份禮物的人，是希望她能夠偶爾忙裡偷閒喘口氣。在支撐整個音樂盒、往外開展的四腳底下，壓著一枚聯邦軍雙頭鷹浮水印的便條紙。

寫在紙上，稍稍潦草的字跡——是蕾娜熟悉不已、很有他的風格的端正文字。

『生日快樂，蕾娜。』

呵呵，蕾娜苦笑了一下。

身為戰隊長的他，總是有著處理不完的大小雜務。蕾娜也知道今天因為要做「女武神」的系統升級測試，他一整天都得跟研究班與整備班待在機庫。可是……

「就是啊，你怎麼不等我回來呢？……辛。」

至於五月辛過生日時自己臨陣脫逃的事實，就先擱開不論吧。

五月十九日（辛的生日）　小花招

「——諾贊上尉。」

轉頭一看，眼前是把共和國軍的深藍軍服披在肩上，有著白銀髮色的少女。也就是第八六機動打擊群技術部人員，亨麗埃塔．潘洛斯少校。

「有什麼事嗎？潘洛斯少校。」

「叫我阿涅塔也可以啦。嫌麻煩的話敬語也免了。」

阿涅塔有一段時期每次跟他碰面都露出欲言又止的神情，但現在彷彿把那些都忘得一乾二淨，態度變得爽朗直率。

不知為何她看了一眼辛一手抱著的、前幾天搞丟但剛剛失而復得的哲學書，以及從書頁間露出的銀色光輝，然後才接著說：

「你這個月生日對吧。我給你添了很多麻煩，這就當作是賠禮吧。」

阿涅塔就像在說「拿去唄」似的，她不怎麼熱絡地伸出了一隻手，把裝在盒子裡的袖釦遞給他。

這是代替鈕釦用來固定襯衫袖子的配飾，但姑且不論正式禮服，平常沒什麼人會佩戴這種東西。更別說是屬於軍服的戰鬥服（Battledress），就算是平常穿的軍常服也絕對不會用到這種東西。

辛理所當然地皺起眉頭。

「……我沒理由收妳的……」

「我說了這是賠禮，你沒聽見嗎？」

「但我用不到。」

「你要是退還給我，我更用不到。你好歹也是軍官，總會遇到幾場宴會吧，那不就得穿禮服了嗎？」

遇到我也不會出席。

辛的這種想法似乎寫在臉上了。阿涅塔有點不耐煩地嘆了一口氣。

「你就得去，然後去的時候把它戴起來……聽懂了沒？」

阿涅塔不容分說地把東西塞給辛。

是一對鑲嵌著小顆紅色與白銀寶石，「精緻橙花款式」的袖釦。

不知為何她露出有些鬧彆扭的神情，伸出纖纖玉指直指著辛。

「尤其是今後，你會有機會陪同蕾娜出席一些場合的，到時候絕對要給我戴喔。」

——此時，在阿涅塔的房間。

還有一條跟袖釦一起訂做送來，兩個月後預定送給蕾娜當作生日禮物的頸鍊。
但是不用說，辛目前還無從得知這件事。

七月十二日（蕾娜的生日）．其二

「米利傑。」

轉頭一看，是維克與一如往常地跟在他背後待命的蕾爾赫。他身穿聯合王國的夏季軍常服，配戴著在機動打擊群的中校階級章。

軍械庫基地已經過了下班時間，就快到晚餐時段了，在蕾娜跟大家一起生活、忙著工作的第一隊舍，這條僻靜的走廊比較少有人經過。夏天白晝較長，日落前的慵懶陽光從四個角落點綴著彩色玻璃的窗戶淡淡射入。遠處傳來某種鳥類歌唱般的鳴叫聲。

「雖然遲到很久了，祝妳生日快樂……抱歉，其實我也很想為妳慶生，但我以個人名義贈送禮物會引起一些複雜的問題。」

蕾娜先是愣了一瞬間，然後了然於心地點頭笑了笑。

維克是王族。即使對蕾娜或八六來說只是不拘小節的禮物，由他來送卻會變成賞賜或褒獎。其中會帶有政治意涵。

「沒關係，心意到就很夠了……」

這時蕾娜想起一件事，開玩笑般的接著說：

「你已經送過我漂亮的禮服了。」

會贈送禮服給女性的，不是父親就是男友或丈夫。聽到蕾娜偷偷拿這點來挖苦，維克誇張而優雅地聳了聳肩。

「那不是我送的，是來自王室的禮物。因為妳是受邀的客人……不過仔細想想，我那時候也還真是冒險啊。」

維克喃喃自語，說了些蕾娜聽不懂的話。看到她微微偏頭，維克揮揮手表示不是什麼重要的事。

「總而言之……雖然說成替代方案或許不太好……」

他的帝王紫瞳從蕾娜的臉上移開，輕瞥了一眼別的方向。大概就在鄰接隊舍的「破壞神」機庫與那裡通往外頭的走道附近。

「我暫時封鎖了從機庫直達這裡的走道。」

「方才柴夏閣下在那裡把文件撒了滿地。」

蕾爾赫在退後一步的位置補充說道。

聽了這句補充，蕾娜依然不解地直眨眼睛。

「……喔。」

「照『那傢伙』的個性，一定會覺得在旁邊等她撿完會給人家壓力，寧可自己繞路吧。」

「只要柴夏閣下告訴他，這些是機密文件因此不需幫助的話，他也就不會幫忙一起撿了。」

「所以……」換成維克接著說下去。正好就在蕾娜的側面，僻靜的走廊上有個很少有人走的小門。他瞄一眼那個傳來鳥鳴的位置。

「妳且在這裡稍候片刻……他很快就來了。」

都講得這麼明白了，蕾娜當然也聽出了他在說誰。

在基地隊舍的背面，有個沒人使用的僻靜小門。那裡無論是從餐廳或機庫都是繞遠路，所以平常幾乎沒人從那個出入口通行。

在那小門的外頭，一道人形的影子，落在透射金色陽光、閃爍著葉隙翠綠光彩的地面上。

認出那人是誰的瞬間，蕾娜跑了過去。

「……辛！」

就在並排種植的榆樹行道樹，它們的枝葉交織而成的隧道下。辛從「破壞神」的機庫那邊走來，看到她跑過來便眨了幾下眼睛。

「蕾娜……妳該不會是在等我來吧？」

「是呀。因為我還沒跟你謝謝你送的那份生日禮物。」

在這個僻靜之處，讓他們倆能不受打擾。維克特地安排，想必就是為了這件事。

今天原本會花上一整天的行程，在「破壞神」系統升級後進行動作測試。結果行程大幅超出原訂計畫，辛可能必須待在機庫直到今天將近熄燈的時間。現在也只是暫時離開去吃晚飯，吃完後可能又得回機庫了。維克一定是覺得這樣蕾娜會找不到時間與機會為了生日禮物道謝，才這樣安排。

辛似乎感到很困惑，眉毛微微下垂。

「蕾娜妳應該也很忙吧，何必這麼特地？……再說我生日的時候，蕾娜妳也有送我禮物……」

話講到一半，辛搖了一下頭。不是對蕾娜搖頭，是在否定自己的想法。

「我只是自己想送才送的。因為蕾娜妳很容易給自己太大壓力，而且我猜妳會喜歡那個。」

這話讓蕾娜如花綻放般的笑了起來。

「嗯。但我也只是想道謝就道謝了。」

那個造型雅致、精雕細琢的音樂盒搭配了萬花筒，精心設計成能夠得到聽覺與視覺的雙重享受。那種精品不是到處都有賣，辛一定花了很多時間才找到，是特地為她挑選的。

「謝謝你……真的太高興了。我會珍惜它的。」

聽她這麼說，辛笑得有點近似苦笑。

「妳願意珍惜它我很高興，但請不要只是擺著好看不用。妳送我的書籤，我有在用喔。」

「嗯，我會的。」

那些虛幻美麗、千變萬化的彩色光影，金屬彈奏出的獨特清澈音色，以及勾起鄉愁、有些悲傷的旋律，一定會讓她每晚都做相同的夢。

夢見碧藍色的機械蝶群飛向蒼穹彼方，宛如成群沉默魔物般在風中搖曳的篝火之花開得遍地紅豔。還有那事實上當時尚未謀面，但後來得以重逢的人兒。

「辛，你現在要去吃晚餐嗎？」

「是啊……不過測試拖得久了點，我打算一吃完就回去。」

果然。

「辛苦你了。可是聽說今天的晚餐，是主廚特別精心準備的唷。」

蕾娜自然而然地牽起他的手，一邊笑一邊拉著他走。

她那笑容既爽朗又無憂無慮，宛如白銀色的大朵優雅花卉。

「我覺得至少吃飯的時候，可以享受一下沒關係吧。」

軍隊的早晨總是開始得早，窗外天色尚且暗淡時，蕾娜已經在自己的房間裡整理儀容了。

昨天一天下來，她的個人房間與相連的辦公室多出了許多東西，黑貓狄比興味盎然地到處巡視探險。她有稍微訓練一下狄比不要爬上櫃子或辦公桌，所以牠就只是到處看看，但一雙大眼睛仍然像是充滿了光彩。

個人房間的非辦公用小書桌上，也擺了幾樣生日禮物。貓咪相框裡，放著所有人都模糊不清、解析度太低的遠景照。還有香氛乾燥玫瑰，以及打開其中一頁立起來的風景畫集。旁邊掛著現在裡面裝了幾隻布偶的帆布袋。

在這些物品當中，蕾娜看到擺在一個角落的精緻異國風情音樂盒，露出了微笑。

最後她看看大型穿衣鏡裡自己的模樣，稍稍調整一下軍帽。

「好。」嘴角自然地上揚，露出甜甜的笑。轉身的同時鞋跟敲出「喀」一聲，蕾娜腳步輕盈地走出了房間。

關上房門，現在空無一人的蕾娜的寢室裡，在她那張私人小書桌上……

音樂盒旁邊有一本日記用書擋立起來擺著，中間夾著銀色書籤。書籤的圖案是篝火花叢與佇立其中的「破壞神」，她訂做書籤準備送給辛時，也偷偷替自己做了一個與他成對的。

總算日上三竿的夏季早晨清新的陽光，讓放在一起的音樂盒與金屬書籤落下影子，不為人知地悄悄重疊。

兒時的辛與阿涅塔，事過境遷的辛與阿涅塔

「辛！來，情人節快樂！」

今年滿五歲的辛，驚懼地看著鄰家的青梅竹馬心情大好地拿給他的一包東西。這個用紅色與粉紅色的半透明玻璃紙包成的袋子，光看外觀的話是很可愛沒錯，問題是……

站在他眼前的青梅竹馬——小名麗塔的亨麗埃塔似乎完全沒察覺到辛的心思，笑咪咪的。辛弱弱地問了一下。

「呃……這是妳自己做的？」

「對呀……啊，不用擔心！我都是挑爸爸吃了沒昏倒的才來送你！」

「…………」

麗塔的爸爸，每次都好可憐喔……辛只是心裡想想，沒說出來。

只要麗塔一做起點心，基本上都是她的父親約瑟夫・潘洛斯先生付出名為試吃的可敬犧牲。應該說他幾乎每次都在吃到試作第幾號版本的時候就會被炸沉。

其實光是講成什麼試作第幾號就已經很有問題了，但那個年紀的辛還沒想到可以這樣吐槽。

「欸，你打開看看嘛！」

「……嗯。」

辛順從地打開沙沙作響的包裝，看到裡面「疑似」餅乾的物體……

他沉默了片刻。

這是什麼啊？

「呵呵，你猜這是誰？」

「…………」

辛想了一下。

認真地想了一下。

非常認真地想了一下。

最後好不容易才想到一個答案，於是他說：

「……怪獸。」

「是辛啦！這個今年正在流行！叫做人像餅乾！」

「…………」

雖然她這麼說，但整塊都燒焦了，而且號稱人像但麵團擠成的歪扭線條纏在一起變成了蜘蛛網，連是在畫人臉都看不出來（這是她堅持不肯用模具，硬是要用擠的所導致的結果），再說辛也沒有六、七個眼睛。

麗塔，妳該不會是討厭我吧？辛勉強把這句話吞了回去。麗塔並沒有惡意，她只是很……

對，非常地笨手笨腳罷了。

總之這個東西…………菲多會吃餅乾嗎？但就算會吃，那樣菲多也太可憐了，而且再怎麼說那樣也太對不起麗塔了。辛看著收下的整包餅乾（？），遇到了他有生以來最大的煩惱。

「欸，辛，諾贊上尉，我在叫你。」

過去是青梅竹馬，現在成了同事的少女邊說邊賊笑著走過來，兩個月前剛滿十八歲的辛回答她的時候暗自提高警戒。在絕命戰場上活過了長達七年的經驗與直覺，在腦中大聲鳴響尖叫般的警報聲。

他不知道會發生什麼事，只知道情況不妙。非常不妙。

「……潘洛斯少校，您有什麼事嗎？」

「講話幹嘛這麼見外啊。反正已經叫過我幾次麗塔了，就算在基地還是可以那樣叫啊。話說回來，上尉。」

辛心想：「那妳又為什麼用軍階叫我？」附帶一提，少校與上尉相比的話，少校的官比較大。莫非是在施加無形壓力，要他服從命令？

麗塔……也就是亨麗埃塔或阿涅塔，笑得賊兮兮地從白袍口袋裡拿出一樣東西。

是外面包著紅色與粉紅色的半透明玻璃紙，看起來……只有看起來很可愛的點心袋。

跟記憶底層的小小惡夢，完全一致。

「我那時候特地做人像餅乾送你，卻被你說成什麼怪獸。為了恭喜你勇敢告白……雖然對你來說結果可能有點那個，總之我重新挑戰了一遍當作紀念。真佩服我自己能重現得如此完美……順便告訴你——」

阿涅塔用跟惡魔沒兩樣的嘴臉咧嘴邪笑。

「我沒試吃。」

「…………」

那……

與其說是完美重現……

這次豈不是連潘洛斯先生犧牲奉獻換來的最低限度安全性都沒有，變成了更具危險性的東西……

看到辛驚懼地低頭看著點心袋，阿涅塔顯得樂不可支，活像隻玩弄獵物的貓，嘴角大大地往上揚。

「辛，你願意收下吧？——畢竟你可是搶走了我的閨密呢。」

十月二日（安琪的生日）

換成別人的話，也許會說「怎麼偏偏是這一天」。

「——安琪，生日快樂。祝『妳』十月二日生日快樂。」

在前線大幅後撤，所有運輸線都陷入嚴重混亂的現況下，他到底是怎麼弄到的？看到達斯汀神情嚴肅地遞過來一束大到需要用雙手捧著的花束，安琪露出苦笑。

幾乎能把達斯汀整個人遮住的大花束當然很棒，但達斯汀求好心切而變得僵硬的神情，以及極力強調「今天是妳的生日」的用詞遣句更是打動了她。

「謝謝你。不過達斯汀，你不用這麼介意沒關係的。事實上，我就一點也不介意呀。」

她對著回望自己的達斯汀點點頭，端莊的微笑與輕快的動作就像她說的，顯得一點也不在意。

「就算第二次大規模攻勢跟我的生日撞期，又怎麼樣呢？」

自十月一日深夜開始的砲彈衛星轟炸——第二次大規模攻勢，在安琪的生日也就是十月二日這天平息下來了。

辛他們還有蕾娜、芙蕾德利嘉以及達斯汀，原本似乎有幫她籌備慶生活動。但大家卻隨著第二次大規模攻勢爆發而被叫回基地，各自忙於自己的職務，這天就在眨眼間度過了。

即使後來又過了幾天，辛、蕾娜還有機動打擊群的每一個人今天依然忙碌。必須針對仍然混亂不堪的前線狀況做確認，還得為了下次作戰做準備。

可是達斯汀的背後，卻堆滿了似乎是大家請他代為轉交的禮物盒。

並不是因為太忙，才請達斯汀代勞。是因為大家都能接受最有資格跟安琪共度生日的人是達斯汀，即使目前狀況如此仍然想替兩人挪出不受打擾的慶生時間，才會把機會讓給他。

在第八十六區與各大戰場一同戰鬥到底的同袍們都接納了達斯汀，把這件事交給他來做。

我出生的日子受到大家這麼多的祝福——怎麼可能只是跟「軍團」的攻勢剛好同一天，就讓這天變得不完美？

達斯汀笑了笑，一雙白銀眼瞳隨著安心感與愛意變得柔和。

「……這樣啊。」

「是呀，本來就是。」

因為大家，還有你，都在這天為我慶祝。

安琪收下他拿給自己的花束。花束很大，需要用雙手捧著，插滿了豐富多彩的花朵。就像是在花店看一朵買一朵，顏色與香氣的搭配都不在考量範圍內，但也因為如此而富有躍動感，華麗奪目。

「你怎麼會有這個？」

「我本來跟花店訂了更像樣的花束，可是當天沒辦法去拿，花店的老闆跟店員也都必須去避難，結果人家特地帶著剩下的花來基地給我，說至少拿這些湊合一下也好。於是我就把它們束起來……不過我是第一次做這種東西，顏色組合得蠻失敗的就是……」

「已經夠美了……我是說真的。」

看到他眼神帶著懷疑，安琪淘氣地微笑了。

她由衷覺得這束花的樸拙美感，很有個性認真的達斯汀的風格。

緊緊抱著彷彿將原野直接束起的花束，她享受了濃郁到醉人的芳香。

為了下一場作戰，機動打擊群此時仍在一步步做準備——近期之內，他們又將前往下一個戰場。所以……

「我要把這個做成乾燥花唷。」

就連這些花朵日漸枯萎腐朽的模樣，準備前往戰場的他們都無法看到最後——所以這些花朵，她「不會讓它們凋謝」。

讓這些色彩與香氣，永久留存吧——這樣當他們從戰場回來時，這束不變的花朵依舊能迎接他們。

好讓這種美麗與其中蘊藏的心意，能夠長長久久地給予她力量。

「等我們回來時，就完成了——到時候，我們再一起把它們做成花束吧。」

十一月十二日（阿涅塔的生日）

『——賽歐，不好意思，可不可以幫幫我？』

『抱歉，賽歐，幫我一點忙。』

……就像這樣，隔著知覺同步都聽得出來手足無措的蕾娜，與由於長年來往所以也感覺得出來正在傷腦筋的辛，兩個人一起來拜託他，所以……

「『阿涅塔，生日快樂』——他們要我這樣跟妳說。」

有人來敲自己房間的門，阿涅塔說「來了來了」一開門就有一個包裝好的盒子伴著這句話送到自己面前，讓她連連眨眼。

她為了一點「公事」離開機動打擊群的總部軍械庫基地，來到聯邦首都聖耶德爾的基地宿舍暫住。把禮物盒拿給她的，是在這座基地常常見面的八六少年，令人印象深刻的翡翠雙眸饒富興味地端詳阿涅塔吃驚的神情。

「這是辛跟蕾娜送妳的。他們其實很想親手交給妳，但阿涅塔妳人在首都，他們倆又都走不開，所以就找我代勞嘍。」

機動打擊群目前正受派前往北部第二戰線，蕾娜則是在療養院休養中。再加上第二次大規模攻勢到現在即使已過了一個多月，聯繫前線與後方的運輸線仍然混亂壅塞。

準備當成阿涅塔的生日禮物，蕾娜與辛一起前往聖耶德爾的珠寶店訂做的成套首飾，也陷入無法送貨到軍械庫基地的狀況，就算想變更收件地址，偏偏兩人的住址都在基地。結果因為負傷退離前線，在聖耶德爾基地執勤而鄰近珠寶店的賽歐就被選中了。

「所以不好意思，心意卡沒有跟禮物一起喔。他們說晚點再用電郵寄給妳。西汀還有其他人準備的禮物也是，因為沒辦法再寄送盒裝物品什麼的，所以說是回到基地後再拿給妳。」

「喔，嗯，這我明白，不要緊。謝謝你。」

重申一遍，目前由於第二次大規模攻勢以來的混亂，運輸線已經不只是超出負荷了。像是私人信件或包裹這類物品，就算只是幾張心意卡也沒那餘裕去運送。這個狀況阿涅塔也明白，所以既不會介意也不需要向她道歉。

話又說回來……

「……怎麼會有三盒？」

其中兩個小盒子印著同一家珠寶店的商標，另外還有一個使用不同包裝紙，比它們大上一圈的盒子。

看到阿涅塔好像由衷感到不解，賽歐噘起嘴唇。

「這還用說嗎？……在這種情況下，怎麼可能只有我一個人空手嘛。再說，阿涅塔妳也有送我狐狸的童話書啊。」

原來是眼前這個男生要送她的生日禮物。

賽歐顯得有些侷促不安，視線尷尬地四處游移。

「我先聲明，不要太期待喔。我哪裡會知道女生喜歡什麼東西，又怕送擺飾的話回去的時候會增加行李不好意思，所以姑且只能送立刻就用得到的東西，於是就……」

賽歐用手勢示意她打開，於是她小心翼翼地撕開包裝紙，打開紙盒蓋子。

裡面裝的是……

「抱歉送的是日用品……看妳好像沒把平常用的杯子帶來這座基地，想說最起碼待在這裡的期間可以拿來用這樣。」

塗成漂亮粉彩色的蛋形馬克杯。

天藍色與鵝黃色的各一只——柔和溫暖的色調，彷彿等不及剩下的冬季結束，提前染上春季的色彩。

阿涅塔忍不住露出微笑。

還說什麼哪裡會知道。事情來得突然一定讓他很匆忙，但他卻一點也不表現出來，還擔心會不會增加阿涅塔的負擔。他認真思考阿涅塔需要的是什麼，這份心意讓她很高興。

「謝謝你——欸，我可不可以立刻拿出來用？」

嗯？賽歐眨了一下眼睛。

「當然可以啊，既然都送給妳了嘛。」

「那，你進來吧。我正好有蛋糕，雖然只是美食廣場的咖啡店的。我來泡咖啡，你吃了再走吧。」

「咦？」

因為需要處理心情愉快不到哪去的「公事」，阿涅塔總是有準備點心幫助自己稍微轉換心情。其他還有餅乾與甜甜圈等等。

但不管怎樣，賽歐聽了都僵在當場。

看他似乎遲疑著不太敢踏進女生的房間，讓阿涅塔忍俊不住笑了出來。

「你都替我送生日禮物過來，自己又送我禮物了，就受邀吃個生日蛋糕再走吧。」

86 ALTER VOLUME ONE

86

香水群星戰

They spent their adolescence there, on the battlefield.

[EIGHTY SIX]

The number is the land which isn't admitted in the country.
And they're also boys and girls from the land.

香水群星戰

瞄準自己的手槍，是過去共和國制式的、較為大型的自動手槍。八百四十五克的重量對辛來說沒多重，但放在「她」的白皙玉手上，不知為何卻變得殘酷悽慘。

在重疊的照門與準星前方，獨一無二的白銀眼眸冷冷地告訴他：

「我與你一定是命中注定，要變成這樣的敵對關係吧。」

聲調是如此地冰冷。

眼睛冷峻地，直視半個人染成深紅的辛。

「蕾娜……」

辛平靜地，呼喚她的名字。

半睜著眼睛，明顯傻眼地說：

「沒必要因為這場『演習』全都在胡鬧，就配合著營造奇怪氣氛吧？」

†

「——好～那麼現在即將進行第八六獨立機動打擊群以及其他眾多參賽者的群星之戰。號碼布10-8的亞特萊・諾贊為各位進行實況講評。順便一提，號碼布的意思晚點會揭曉，請拭目以待。」

坐在主播席的黑髮青年亞特萊語氣毫無幹勁，一手拿著麥克風懶洋洋地唸腳本。他打從一開始就無心做事，本來應該維持住諾贊家嫡子的表面工夫也早就不知丟到哪裡去了。

「參賽者將分成四隊進行模擬戰鬥。分隊方式依據各自使用或是可能使用的香水主體香料為基準，例如我用的香水是龍涎香，是來自抹香鯨的香料，基於規定會被列入『閃亮』隊……還閃亮咧。」

「啊～那麼比賽規定由我號碼布2-24的約施卡・邁卡為各位說明。我用的是黃玉蘭，香料取自花卉所以是『花香』隊。不過我負責解說比賽規定所以不會參加戰鬥就是了。」

在約施卡面前排隊站好的，除了辛與蕾娜等老面孔之外，還有凱耶與戴亞等第八十六區成員，以及雷與齊利亞等「軍團」組。然後是葛蕾蒂、理查與維蘭這個大人組、其他部隊所屬的吉爾維斯與米亞羅納中校等人、外國軍隊所屬的以實瑪利與赫璐娜等人，甚至連瓦茲拉夫還有雷夏等父母輩都到場。

簡而言之就是《86—不存在的戰區—》具名角色幾乎全員參加。

接下來故事中會依次寫出每個角色使用的香水香料，讀者在找符合喜歡的角色形象的香水時可作為參考資料。

即便用的是同一種香料，調合方式不同就會給人不同的印象，請大家找找看自己喜歡的香味喔！

「如事前通知，分隊方式取決於香水原料的來源部位。如果香料取自花朵部位的話是『花香』隊，果實或種子的話是『樹果』隊，枝葉、樹幹與根部是『草葉』隊，樹液或樹脂的話就是『閃亮』隊了。」

「怎麼會取這種讓人虛脫的名稱……」

「特別是最後一個，讓人沒來由地感覺到一種惡意……」

排在隊伍前頭的蕾娜與辛悄悄吐槽，但約施卡不以為意。

「附帶一提，整株草包括花朵在內都有用到的列入『草葉』，麝貓香或龍涎香，還有蜂蠟等來自動物的種類跟亞特萊一樣列入『閃亮』，樹脂原料與動物原料都屬於稀少種類，你們這些少數派就好好相處吧。」

「……照這種分法，花朵隊人數不會比別隊多太多嗎？」

萊登皺起眉頭，但約施卡還是一樣不以為意。

附帶一提，事實上人數最多的「花香」隊與最少的「閃亮」隊，人數的確差出了一倍。

「另外不具有天然香料的合成香料組，決定列入試著重現的香氣隊伍。例如重現花香的香料就列入『花香』，水果的話就是『樹果』。某位連這些隊伍都進不去的水生調使用者，以比賽單位的獨斷與偏見列入『樹果』。」

「不是，水生調說穿了不就是水的香氣嗎？為什麼是『樹果』？」

賽歐一邊認為反正問了對方也不會理，一邊微微偏頭。

分到哪個隊伍只有當事人會得到通知，不會知道自己以外的其他人屬於哪一隊。不論誰都只會關心自己的香水而不會一一去注意別人的香水是哪種香料，而且賽歐的香水也不是什麼水生調，所以實在想不到會是哪種香味。

「因為以我的個人觀感來說，聞起來比較像那種味道。等你們遇到水生調的就會知道了，小水水很像水果喔。」

「啊，這你就有反應啊。」

還有，什麼小水水啊。

「所以啦，現在除了水水本人以外一定都在猜『誰是水生生啊……』，事實上就是這樣，大家彼此都不會記得其他人用的香水吧。也就是說要等到實際碰到，才會知道誰跟自己同一隊……那就這樣啦，接著說明本次模擬戰的規定！」

「比賽規定」

・參賽者將會隨機配置於作為模擬戰場的城鎮演習場。

・遇到其他隊伍成員時，將進行戰鬥。遇敵後，若雙方超過一分鐘未開槍，兩者同時出局。
・自己與其他人的隊伍，以各自噴灑的香水進行辨識。
・其他隊伍成員射擊命中自己時，判定出局。
・射擊命中自己隊伍的成員時，判定出局。
・與自己隊伍的成員，可在口頭要求並獲得同意下搭檔行動。
・當三個隊伍的存活人數歸零時，剩下的一隊獲勝。

「咦，太奸詐了吧！」
「嘴上說要解說規定，實際上做說明的根本是敘述文嘛……！」
「簡而言之就是看到敵人一定要開槍，但不能被敵人射中，而且也不能誤傷友軍，至於是敵是友則用身上的香味來判斷嘍。」
可蕾娜與安琪的怨言再次被忽略，約施卡繼續講他的。這種事情如果用台詞來解說的話會害行數暴增，所以才會快轉進行。條列式說明真偉大。
「『花香』隊的人跟身上有花香的同隊，『樹果』就是水果或種子，『草葉』則是跟草香味的人一掛。『閃亮』嘛……有在擦的人自己應該知道吧，就是像你們這種香味啦。然後不用我說你們也應該知道，不可能有什麼敵我識別器。」
講到這裡……

約施卡嘻皮笑臉地說道：

「好啦……你們加油吧。」

就在這時，凱耶舉手了。剛才明明說晚點揭曉，可是到現在都沒做說明。

「順便問一下，結果號碼布的數字到底是什麼意思？是所屬隊伍與第幾號隊員嗎？」

剛好是紅藍綠黃四種顏色。

可是同樣是1號，尤德與克勞德卻不同顏色，而且辛的號碼開頭是5，其他還有6、7或8號。

約施卡若無其事地回答：

「喔，就是配戴者的『生日』啦……一般來說分隊都是用號碼布分辨，想說如果有人不小心被布標號碼騙到的話也滿有意思的。基於同一個理由，號碼布的顏色也跟所屬隊伍八竿子打不著邊，完全是隨機分配。」

凱耶愣愣地張著嘴。當然是因為聽到傻眼的關係。

「太惡劣了吧……」

「賽評扎法爾王太子殿下，您對這次演習有何看法？」

好不容易聽完了比賽規定，參賽者吵吵嚷嚷地往演習場移動時，主播席的亞特萊請身旁的賽評人員發表意見。

對於這個問題，羅亞．葛雷基亞聯合王國王太子扎法爾．伊迪那洛克優雅地點頭。

「嗯……也許我應該同時介紹自己使用的香水與布標號碼？我是維克的哥哥扎法爾．伊迪那洛克，號碼是4-29，香水是歐白芷根……香調細節就不多說了，請有興趣的人士自行查閱資料。」

「沒兩句話就全都撒手不管了……」

「我倒覺得你丟給我『有何看法』這種隨便亂問的問題，也完全稱得上是撒手不管吧……那麼作為一個哥哥，當然希望可以看到弟弟的英勇表現……」

講到一半，扎法爾優美地皺起端正的眉毛。

「但首先有一個問題，這場模擬戰能夠正常進行嗎？」

當然不可能了。

對方的香味是花香、果香、草木還是樹液，又不是調香師，哪有可能準確無誤地聞得出來？而且香味飄散的方向或範圍會跟著空氣流動變來變去，模擬戰使用的漆彈槍難聞的顏料氣味，更是嚴重影響了辨識度。

結果……

「賽奇，你這涼涼的味道是綠薄荷嗎！是綠薄荷的話就是自己人吧！」

「不，等等，榮樹隊長你不要過來！我聞不到不知道你的味道！不知道你是不是自己人……就跟你說不要過來了！」

「嗚哇被對方逃走不知為何很受傷耶！是說我不靠近你怎麼聞得到啊！我是鼠尾草，跟你一樣都是香草啦！我們不都是『草葉』隊嗎……啊。」

「啊，是庫克米拉少尉。」

受到風向影響難以分辨敵我，雙方吵鬧不休時賽奇（綠薄荷，「草葉」。號碼布9-4）與榮樹（鼠尾草，「草葉」。10-13）慘遭可蕾娜（黑莓，「樹果」。5-6）狙擊退場。

「托爾，你不是應該是『草葉』隊嗎……！發出那種綠綠的味道……為什麼把我……」

「耶～騙到克勞德了！我雖然是白松香而且聞起來綠意盎然，但其實是『閃亮』隊！聽說是從樹液萃取的。是說克勞德，你的香味是什麼？聞起來就像森林很好認所以應該是『草葉』吧，我猜對了嗎？」

「是艾草啦，苦艾！對啦就像你說的一聞就知道是『草葉』啦，可惡！」

克勞德（苦艾（艾草），「草葉」。號碼布1-29）一邊散發出莫名的悲愴感一邊被容易混淆的香味害得誤判敵我，遭到托爾（白松香，「閃亮」。2-14）無情擊倒。

「太棒了～太棒了～！擊敗可恨的夜黑種將領了～！」

「嗯，槍法實在很準。」

與那邊正好相反，遠遠就能聞到的濃烈花香讓理查（香根草，「草葉」。號碼布12－12）得知眼前的小女孩是敵隊人員，故意讓思文雅（依蘭，「花香」。3－27）擊敗自己，含笑看著她手拿短槍管護身用左輪手槍（Snubnosed Revolver）蹦蹦跳跳。

「給余在那兒站好，辛耶的兄長！」

「乖乖認輸吧，大概不是屬於『花香』隊的雷！被我碰到，算你氣數已盡！」

「不是，妳們兩個！太奸詐了吧，一個是玫瑰一個是紫羅蘭很好認隊友，就可以這樣聯合起來對付我嗎！」

由於彼此都是好認的花香，因此立刻就締結起共同戰線的芙蕾德利嘉（大馬士革玫瑰，「花香」。號碼布2－7）與蕾娜（眾所皆知的紫羅蘭，「花香」。7－12）砰砰磅磅地追著雷（蘇合香（安息香），「閃亮」。號碼布10－18）到處跑。

「米娜，真佩服妳能看穿我不是『花香』隊的。」

「嗯～香味我是聞不太出來，但覺得奇諾大概不會用花香香水吧！」

「是這樣判斷的嗎！」

從香味來說應該很像花朵的奇諾（玫瑰草，「草葉」。號碼布9－1），被米娜（洋甘菊，「花香」。12－25）基於對老朋友的了解看穿真面目。

還有好歹也是大總統的恩斯特（羅勒，「草葉」。4－30）則是被女僕泰蕾莎（香水草，「花香」。5－30）死纏爛打地追趕到唉唉叫，連主播亞特萊、約施卡與賽評扎法爾都被嚇到。

尤其是即使仔細聞過還是難以判斷隊伍的香味，果然成為了混亂的來源。

「從香味聞起來，夏娜妳應該跟我一樣是『花香』隊吧。我是睡蓮，我們合作吧。」

「嘿。」

「咦？」

一轉過身去的瞬間就被槍擊，安琪（睡蓮，「花香」。號碼布10－2）驚愕地回過頭來，夏娜（鳶尾花根，號碼布11－9）對她妖豔地微笑。

「很遺憾，鳶尾花根是取自根部，所以雖然有著這種香味，但我是『草葉』隊的。」

還用這種計謀成功的語氣告訴對方。

「咦？為、為什麼！滿陽妳那香味應該是杏桃之類的吧，不是應該跟我一樣是『樹果』隊嗎！」

還有瑞圖（葡萄柚，「樹果」。1－5）渾身染成黃色大聲嚷嚷……

「……？我是桂花，屬於『花香』隊。所以跟葡萄柚香味的瑞圖當然不同隊嘍。」

滿陽（桂花，「花香」。號碼布3－4）愣愣地對著他微微偏頭。

「呵呵呵……同樣是柑橘調果然讓你誤判了呢，梅霖中尉。我是檸檬香脂（香蜂草），其實根本連柑橘類水果都不是！」

「唔……妳說對了，我完全被騙了……不，我說真的，又不是正式演習，沒想到上當會讓人這麼不甘心……！」

跟開槍的佩施曼少尉（香蜂草，「草葉」。3-16）演了一場奇怪小短劇之後，中彈的梅霖（香檸檬，「樹果」。4-23）氣得跺腳。

就像這樣，大半參賽者都深陷混亂場面，繼續進行根本一點也不正常的演習。

在仿造聯邦特有的迷宮般城鎮蓋成的演習場內，他繞過建築物時嗅到一股不同於自己的香料味。

那香味完全異於尤金擦的香水——洋茴香籽溫暖陰性的香味，是寒冷冬季的針葉樹香氣。尤金於踏出一步的同時以槍口對準那個人。辛也快速做出反應將槍口轉過來對準他，但隨即微微睜大眼睛停住動作。

「尤金，等……」

「不，我不等！受死吧！」

尤金扣下了扳機。還順便要點小帥喊了一句。

在這場演習中包括尤金在內，參賽者拿到了仿造大家平時的配槍製成的漆彈槍。為了避免拔槍時勾到而設計成沒有擊錘的內藏撞針式（Striker），聯邦軍制式的九毫米小型手槍射出顏料子彈，準確無誤地弄得辛一身彩色。

對著被澆得滿頭顏料的辛，尤金得意地挺起胸膛。

「辛，你一定是看到號碼布，就把我錯認成隊友了吧？畢竟彼此都是紅色，而且連號碼都很近，是5-19與5-20嘛。」

辛的布標號碼是5-19，跟尤金的5-20只差1……換言之兩人的生日似乎是五月十九日與五月二十日，只差一天。這也太巧了。

然而辛卻一臉難以言喻的表情，擦掉流到臉上的顏料。

「我不是這個意思……」

「哥哥出局～！」

沒想到從主播席，竟然飛來了這句宣告。

中途加入的賽評妮娜（皂香，號碼布是3-8附兔寶寶繡片）開心又無情的宣告，讓尤金驚愕萬分。

「咦……為什麼！不是我射中他的嗎！」

「你誤傷隊友了，尤金……槍擊友軍會被判出局的。」

再加上辛悄悄送來這句話，讓尤金更是驚愕至極。

「誤傷隊友……咦，辛你這種香味應該是『草葉』吧。記得是叫做杜松？總而言之我是洋茴香籽，屬於『樹果』，所以怎麼會說我誤傷隊友……」

辛表情尷尬，搔搔染上顏料的臉頰。

漆彈的顏料跟號碼布同色，尤金是紅色號碼布，所以滿臉顏料的辛看起來就像是血流滿面……其實不會，因為顏料的透明度很高。或許該說成滿臉草莓果醬比較貼切。

「我其實也是在這場演習才知道的……」

「嗯。」

「杜松不是叫做Juniper berry嗎？」

「是沒錯……」

「……所以是『漿果』。」

「啊！」

看到尤金想通了叫出聲來，辛點點頭。明明具有這麼明顯的針葉樹枝葉香氣……

「杜松的香料，據說是從果實萃取的。」

同樣是共和國軍制式的自動手槍，阿涅塔（號碼布11-12）用雙手握住，凱耶（4-7）則是單手持握，槍口都對著對方。

「等、等一下，凱耶……妳的是花香吧！是茉莉之類的吧，不對嗎！」

「是茉莉花沒錯……聽說叫做聖巴克茉莉！至於阿涅塔的香水……是什麼？雖然只聞得出來

是花香。」

「是鈴蘭啦，鈴蘭！所以我們都是『花香』隊的，不要開槍！」

兩人就這樣大聲吵了半天，最後……

可喜可賀地締結了共同戰線。

「應該說，基本上『花香』隊看到男生都可以直接當成敵人吧？」

「基本上是這樣沒錯……可是剛才奧利維亞上尉就是這樣被友軍誤傷了。」

看到凱耶微微偏頭，阿涅塔聳聳肩。

「對喔，上尉是玫瑰嘛……玫瑰在『花香』隊裡面明明特別好認，是誰誤傷他的？」

「聽了包準妳嚇一跳……是蕾娜的爸爸。」

「什麼……」

分明自己用的也是花香調（金合歡，「花香」。5-3。跟不參賽的妻子瑪格麗塔使用相同款式）香水，卻粗率地判斷「『花香』隊不可能有男人！」而對奧利維亞（五月玫瑰，「花香」。3-8）先發制人，結果當場出局。

應該說「女武神」的研究班長（不參加）用的也是天竺葵香水，更何況卡爾修達爾准將用的玉蘭花也是花，其實用花香香水的男性意外地也不少啊。阿涅塔暗自心想，按捺住想嘆氣的衝動。

「……的確，妳們是副長與隨從，不可能不知道主人使用的香水與原料……」

把聯合王國軍特種部隊式樣的衝鋒槍選發鈕切換成掃射（全自動），但手指仍然勾在扳機護弓上拎著槍枝，維克（乳香，「閃亮」。號碼布12－22）聳聳肩。儘管舉止高雅脫俗，但以他目前滿頭滿臉藍綠顏料，把軍服染得斑斑點點的現況來說實在優雅不起來。

能夠進行全自動射擊的衝鋒槍，雖然即使一次遇見多名敵人也能一口氣掃蕩乾淨，但由於對手完全沒停下來辨識敵我——也就是不需要任何確認香味的空檔直接攻打過來，讓維克連扣下扳機的機會也沒有。

斜眼看看擊敗自己的對手，維克略為撇了撇嘴。她們那種停都沒停就直接開槍的果斷行動，就連他看了也有點……可以說害怕。

「話又說回來，妳們可真是手下不留情啊。」

「這是當然。」

「畢竟這是比賽，竊以為手下留情反而是侮辱了對手。」

各自握著因其不具有手動保險裝置（Manual safety）而臭名遠揚的聯合王國制式七・六二毫米自動手槍，柴夏（橙花，「花香」。4－2）平靜自若地回話，一本正經的蕾爾赫（蠟菊（永久花），「花香」。9－3）點點頭。

遇見的瞬間立刻互用槍口指著對方，然後各自停了一個拍子，是這場用香味辨識敵我的演習特有的光景。

結果使得與對手對峙的戴亞（號碼布9-16）露出「啊」的表情先放下槍，賽歐（4-20）也依然保持著戒心放下手槍。既然對香水以苦橙為基調的賽歐停火，可見戴亞八成也是「樹果」隊的。

賽歐再次抽動鼻子嗅嗅，戴亞身上的香味就飄了過來。是含水豐富的夏季水果……具體來說就是哈密瓜或西瓜那種，帶有獨特綠草味的清新香氣。

「……戴亞，你那是哈密瓜還是什麼嗎？」

不知為何，戴亞顯得很害臊地抓了抓頭。

「沒有，就……你好，水生生就是我。」

「啊～！原來是戴亞啊！」

賽歐忍不住大聲叫起來。然後心想原來如此，確實是很有戴亞特質的香氣。該說有點夏日情調，還是讓人聯想到流水？感覺跟安琪的睡蓮香似乎也很契合。

「可是安琪已經被打倒了……所以嘍，同樣都是『樹果』，要不要一起去替安琪報仇？」

「呵。」賽歐翹起嘴角。安琪是「花香」隊的，在這場演習當中對賽歐與戴亞來說是敵人，

不過……

「說得也是，那就去報個仇吧。」

反正這場演習本來就是在胡鬧。

四處掃視的視野，一看見那頭可恨緋紅髮色的瞬間……

澈底放棄費勁地去聞香辨識敵我，齊利亞（號碼布7-22，布標為「紅色」）直接開槍。

令人惱火的是吉爾維斯（12-1，不知為何只有他一個人是「黑色」號碼布）似乎料到他會開槍，躲掉了形同奇襲的槍彈。吉爾維斯撲進不可能用漆彈射穿的石牆掩體，沒從後面探出頭來就直接大叫。不樂意跟夜黑種用同一種手槍的布蘭羅特大公，特地訂製了這種雕花版「七·六五」毫米手槍給部下使用。

「我明白你因為我是布蘭羅特大公的部下而討厭我！但是好歹遵守一下演習規定吧，齊利亞·諾贊！——你開槍時根本沒確認我是敵人還是隊友！」

被他這麼說，齊利亞才終於聞聞看飄來的淡雅香氣。

「……是麝香啊。所以你是『閃亮』隊，那就是敵人了。開槍果然是對的。」

至於齊利亞則是雪松，屬於「草葉」隊。雙方就像他說的一樣是敵人，但就算結果是誤傷友軍，齊利亞仍然一心只想把吉爾維斯做掉。

誰教對方是諾贊一族的政敵，更是威脅他的主君芙蕾德利嘉地位的大敵——布蘭羅特大公的部下。

吉爾維斯露骨地嘖了一聲。嗜戰的征剿者諾贊就是這副死德性。

「不過是個受人同情施捨諾贊之名的旁系，底層騎士的確也只能有這點水準吧，跟那群狂犬相比還特別地沒教養。」

「哈。」齊利亞冷冷地嗤笑。

「再怎麼去抱踢你的腳，我看你這種貨色連這份同情都討不到吧，雜種。」

「…………」

雙方互相表現出讓人感覺已經毋需多言的敵意。

隨後黑紅雙色的騎士（沒必要地）爆發了激烈衝突。

「呀！」

「喔……」

看到手槍對準的是髮色金黃、體格嬌小纖瘦的赫璐娜，銳氣受挫的伊斯卡（號碼布2-4）別開槍口。在戰場上的話還另當別論，但這是演習，而且不過是鬧著玩的，他一點也不想對小孩子開槍。

至於赫璐娜（6-27）一雙清澈的金色大眼睛則是睜得更大了。

「這股香味是……迷迭香嗎？您和我一樣是『草葉』隊吧？」

「啊？妳也是『草葉』隊啊？」

很遺憾地，伊斯卡根本聞不出赫璐娜身上的香味是什麼。

果不其然，赫璐娜連連點頭。由於就像她說的彼此同隊，她放下了與纖纖玉手略嫌不搭調的自動麥格農手槍（點三五七麥格農彈式樣，雕花版）。

「是的。我的香水是沉香木，萃取自木材。所以若您不介意……能否請您與我聯手呢？別看我這樣，我好歹也是將領之身，不會拖累您的。」

「啊～」伊斯卡仰首望天。當保母完全不合他的個性，不過……

「……也好。丟著妳不管也挺過意不去的。」

畢竟附近就有兩個白痴不會看演習的氣氛，在那裡廝殺。

「是說，齊利亞跟吉爾維斯那兩個白痴再怎麼說也做得太過火了吧。」

「真對不起，我們家的傻孩子就是這麼笨……所以嘍！有請演習場祕密機關技師阿爾德雷希多中尉！」

「這場演習已經搞到無奇不有了……」

在約施卡與亞特萊的催促下，阿爾德雷希多（牛至，「草葉」。號碼布1-13）按住額頭。

附帶一提，扎法爾殿下正讓妮娜騎在脖子上，帶著她在附近散步。

阿爾德雷希多先舉起一手回應對自己揮手的小女孩，然後按下眼前的按鈕。霎時間也不知道是什麼原理，齊利亞與吉爾維斯（早就把手槍丟掉換成拳打腳踢）的腳下啪的一下開出一個洞。

兩人只是眼睛朝下「啊」了一聲，連慘叫也沒來得及叫，就被開啟的深淵大洞吞沒強制退場了。

在鋪石路的交叉口，看到菲多發出絕不會跟別人搞錯的沉重匡啷聲從岔路走出來，悠人（萊姆，「樹果」。號碼布7-4）驚訝於它連這種演習都得出來執行補給與撿垃圾任務，一度望向它的眼睛轉回前方。

然後，「嗯？」眼睛又再度朝向菲多。

這是因為混雜在機油氣味之中，從它身上散發出一絲……

「……菲多。」

「嗶。」

「該不會……你也是參賽者吧？」

「嗶！」

是熱帶芒果與椰子的香味。

菲多就像在舉手一樣，朝氣十足地舉起一隻起重吊臂筆直朝天，讓悠人看了鬆一口氣。好險啊。

幸好彼此都是「樹果」隊，萬一不是的話自己已經毫無防備地中彈了。因為他想都沒想到菲多居然也是參賽者。

仔細一瞧，菲多背上的貨艙裝滿了大量顏料桶，看來這就是菲多的攻擊手段了。水桶裡的顏料量真夠嗆的。

「這樣啊……難怪『花香』隊人數那麼多也沒做調整就進行模擬戰。『樹果』隊有辛又有你的話，簡直強到不行嘛。」

「嗶！」

菲多堅定有力地回答，就像在說「包在我身上」。

這時忽然間，悠人想到了一個不祥的可能性。

假設是這樣的話，那麼維持最少人數的……

「……『閃亮』隊鐵定也有某個狠角色在隊上吧。」

不如說，「閃亮」隊全都是一群狂人。

「雖說是演習，不知道有多久沒在戰場上遇見妳了，尤娜……即使妳是我的摯愛，我以諾贊之名發誓在戰場上絕不會輕放敵手！」

「是呀，當然了，雷夏。我也會讓你見識邁卡魔女的力量！」

例如昔日帝國將門的翹楚——諾贊一族的嫡子雷夏（龍涎香，「閃亮」。6-14）與妻子尤娜（蘭花，「花香」。號碼布1-2）展開一場驚天動地的激鬥，結果是兩敗俱傷。

「維蘭，我說你啊……不要選在這種時候發揮你的幼稚個性好嗎？」

「本來是想讓妳有表現機會的……但作為一名前裝甲步兵，總不好在肉身狀態下輸給前戰車兵吧。」

葛蕾蒂（含羞草，「花香」。號碼布8-11）被毫不留情地弄得滿身顏料呻吟著說，一隻手拉她站起來的維蘭（岩玫瑰，「閃亮」。2-16）竟然連一滴濺起的顏料都沒沾到，完全毫髮無傷。不愧是用近戰武器到處斬殺「軍團」的怪物裝甲步兵，該說他不辱昔日名聲嗎？但又覺得選這種無聊的場合大振名聲也太沒意義了。

葛蕾蒂握住他的手時順便給他那白手套抹上一堆顏料，同時皺起眉頭。

「話說回來，你是直接拿配給的手槍來用嗎？制式手槍尺寸太小又裝不了幾顆子彈，用起來很不放心耶。」

聽她這麼說，維蘭聳了聳肩。手槍無論是射程、威力或是命中精度都太低，在現代戰爭中已不可能作為主武器使用。

「能發揮最小功用就夠了，堅持一些莫名其妙的細節只是浪費時間……妳才是，為何要特地使用那種非軍用的手槍……」

葛蕾蒂眼神凶惡地逼近他。

「浪費時間？你不覺得要用就該用更好的嗎？……聽好了，這把手槍採用了獨特的氣體閉鎖系統與提升連射性的新設計保險壓板……」

「知道了知道了，是我不好，不要再唸咒了。」

最後還來了這傢伙。

「萊登．修迦，你別跑啊，雖然辛受了你很多照顧，但這跟那是兩回事！來吧，讓我們堂堂正正地一決勝負！也謝謝達斯汀．葉格、埃爾文．馬塞爾與迦南．紐德的照顧，來一決勝負吧！」

「哇哈哈哈哈！就是這樣啦，萊登與另外三人給我站住！還有班諾德與以實瑪利大叔！」

「就是啊，哥哥您別跑！您這樣一味逃走怎麼一決高下呢！」

「西汀與以斯帖上校也就算了，誰打得過神父啊！我最好是會停下來啦，該死！」

神父（沒藥，「閃亮」。號碼布10-10）活像一頭灰熊似的揮舞著舊時代的點四五口徑單動式扳機共和國制式手槍，率領著西汀（白樺焦油，「閃亮」。6-18）與以斯帖（欖香脂，「閃亮」。7-6），用活像狂牛的速度與氣勢在演習場內橫衝直撞。

遭追趕的萊登（絲柏，8-25）、達斯汀（松針，3-19）、馬塞爾（墨角蘭，9-9）、迦南（廣藿香，8-18）、班諾德（菸草，11-16）與以實瑪利（月桂樹，8-12。從萊登到這裡全是「草葉」）被他們從逃得慢的開始一個接一個扳倒。首先是體力不夠被追上的達斯汀與非戰鬥人員的馬塞爾，接著是倒楣正好路過的諾艾兒與梅勒（共用同款的萬壽菊，「花香」。4-27與1-12）還有寧荷（金雀花，「花香」。6-5）。

「嗚哇啊啊啊啊啊啊啊啊！」「哇啊啊啊啊啊啊啊！」「「呀————！」」

「喂，怎麼好像有人被無端波及了！」

「暴衝神父差不多撞飛了三個人吧……可是速度卻完全沒慢下來……！」

「我看讓那個神父去對付原生海獸（鯨魚）根本會贏吧！哪裡來的最終兵器啊！」

眼看達斯汀、馬塞爾與另外三人慘叫著飛遠，迦南、班諾德與以實瑪利呻吟著說，但當然還是阻止不了神父。萊登與迦南，還有打海戰對付原生海獸時絕不會用到，因此以實瑪利只是暫時借來參加演習的九毫米小型手槍不用說，班諾德那持續服役長達幾十年、設計深受信賴而受到戰鬥屬地兵愛用的不帶裝飾的大型手槍也一樣連對準他都不行，所以根本就擋不住。

清涼的針葉樹、帶刺激性的藥草與異國香草的芬芳，就這樣無計可施地被沒藥的香味一一驅散而去。

「……照那樣下去，『草葉』隊不是幾乎全軍覆沒了嗎？」

「而且同樣是『草葉』隊的伊斯卡與赫璐娜，也差不多要被逼入絕境了。」

輪流眺望著神父與其餘兩人展開的大屠殺，以及在演習場另一處被菲多與悠人追趕得全速奔逃的伊斯卡（令人敬佩的是還把跑得慢的赫璐娜像包袱一樣扛在肩上一起逃），締結共同戰線的愛麗絲（水仙花，「花香」。號碼布4-18）與翠雨（風信子，「花香」。12-13）討論戰況。

同樣組成同盟的瑟琳（月下香（晚香玉），「花香」。12-9）與藤香（忍冬（金銀花），「花香」。8-31），也一臉驚恐抽搐地望著「草葉」隊被悽慘無比地一一驅散。這幾位女性在滿是甜美香氣的「花香」隊當中，更是散發著各種豔麗白花的芬芳。

附帶一提，如同雷、齊利亞、阿爾德雷希多順便還有瓦茲拉夫都不是重戰車型或電磁加速砲型的模樣，瑟琳也是這次首度以人類模樣登場。她有著焰紅種的深紅色長髮、苗條的身材與纖細的眼角。

話說回來先不管悠人，菲多不知為何表現出明顯敵意一路追打伊斯卡，伊斯卡逃跑起來也是拚了老命。

「不是，等……很危險耶等一下啦，該死！你這隻『清道夫』是怎樣啊，我有對你怎樣嗎！」

「嗶——！嗶嗶嗶——！」

聽到它破口大罵般的大音量電子聲，瑟琳皺起眉頭。

「聽起來好像是在說『問你自己吧』。」

藤香在一旁點了個頭。雖然她也不懂自己是怎麼知道的。

「真巧，我聽起來也像是這樣。」

「……只要繼續躲著讓他們去誤會，說不定真的不會被打敗喔。」

「畢竟神父完全就是個無差別破壞兵器嘛……像『花香』隊與『樹果』隊也是，誰被他發現都會變成攻擊對象。」

彼此都是「草葉」隊而聯手出擊的尤德（白檀香。號碼布1-27）與葛倫（花梨木。11-22）嘟噥得沒錯，暴衝神父剛剛還在追著「樹果」隊的賽歐與戴亞跑（以斯帖在這段過程中被淘汰），現在則是正在追擊「花香」隊的奧利維亞與柴夏，順便再來個讓奧利維亞抱著尖叫連連的思文雅。附帶一提，剛才蕾爾赫勇敢地挺身殿後擊退了西汀，無奈力有未逮，最後仍遭神父驅散。

尤德他們身邊還有以前教育過萊登的老婆婆（穗甘松，「草葉」。5-1）與千鳥（薰衣草，香料萃取自全草因此是「草葉」而非「花香」。10-5），由於帶著這兩名無戰力人員進行交戰太過困難，他們躲起來儘量迴避戰鬥，結果這麼做奏效了。況且他們也不想在這種白痴演習裡弄得滿身顏料。

就連這麼蠢的演習都還假戲真做殺過來，即使他們其中有兩名非戰鬥人員，也仍然寡不敵眾被輕取的米亞羅納中校（康乃馨，「花香」。3-31）霍地坐起來比大拇指。

「嗯，真是夠乾脆、夠徹底的冷血無情，我就知道你們八六是人才！就算被人毀謗為卑鄙小人也千萬不要放在心上喔，尤德少尉還有葛倫軍曹！」

「不用妳管。」

「應該說中校，妳不用因為被擊倒就一定要演屍體啦。」

另外，神父最後莫名其妙跟找他動手的隊友庫丘（吐魯香脂，「閃亮」。號碼布3-17）打了起來，雖然漂亮擊敗對手但因為誤傷友軍而被判出局。

於是就這樣……

「——沒必要因為這場演習全部在胡鬧，就配合著營造奇怪氣氛吧？」

存活下來的「樹果」隊的辛與「花香」隊的蕾娜，在槍聲與跫音早已回歸沉寂，滿地顏料的演習場展開對峙。聽到辛眼睛半睜傻眼地說，只是稍微配合氣氛瞎鬧一下的蕾娜漲紅了臉大聲回嘴道：

「不、不用你管！好了，在這場演習裡我們是敵人，堂堂正正地一決勝負吧！」

她這樣說，要辛怎麼辦？

辛心想就算是演習也實在不想對蕾娜開槍，但若是放水放得太明顯又可能惹蕾娜生氣。他維持著單手握槍的穩定姿勢，只把注意力用來動腦思考。

「──對，你這個『樹果』隊隊員是我們的敵人。而現在是在比賽。」

說時遲那時快，來自側面的大量顏料潑到了他身上。

驚呼一聲的蕾娜，與被殺個措手不及的辛都轉過頭去。原本就已經因為尤金的友軍誤擊而弄得滿頭紅色顏料，現在又被潑灑綠色顏料，搞得整個人在色彩搭配上簡直一團糟。

把顏料桶隨手一丟，臉帶傷疤的大個頭共和國軍人──卡爾修達爾從建築物的暗處走了出來。

「你太大意了，諾贊上尉，『樹果』隊的最後一人。」

先不論是誰那麼厲害擊敗了雖然未帶武裝但好歹也是十幾噸重機的菲多，總之他說得沒錯。

「樹果」隊最後只有辛存活下來，而辛也在這一刻出局了。

「閃亮」隊與「草葉」隊在事情演變成這樣之前也都打到全軍覆沒，所以只剩下「花香」隊的蕾娜，以及……

蕾娜眨了眨她的大眼睛。

「……啊，對了。叔父大人，記得您都是擦玉蘭花香水？」

「沒錯……是我們贏了，蕾娜。包括那邊那個上尉在內，其他人都是輸家。」

卡爾修達爾（玉蘭花，「花香」。號碼布11-27）跟她一樣屬於「花香」隊。

看到他講得耀武揚威，辛當場腿一軟跪了下去。雖說自己的確是疏忽大意了，但這種結局能被接受嗎？

用這種方式輸掉？

卡爾修達爾俯看著辛，咧嘴笑著說。他早就想說說看這句台詞了。況且本來應該講這句話的人老早就自尋毀滅被判出局，垂頭喪氣地下台一鞠躬了嘛。

「我女兒不會交給你這野小子的，軟弱無能的喪家之犬。」

「唔……！」

辛也不禁被氣氛影響，聽得咬牙切齒。

「等等，傑洛姆，這話應該我來說才對！」瓦茲拉夫在演習場外如此大叫，但很遺憾地辛沒聽見。

後記

謝謝各位一直以來的支持。大家好，我是安里アサト。

為各位獻上系列第二本短篇集《86—不存在的戰區—》Alter.1〈死神偶爾揮灑青春〉！

本作〈死神偶爾揮灑青春〉以第一集到第六集的店舖特典短篇小說以及活動限定短篇小說為中心，依照作品內的時間順序，將辛十二歲冬天到十八歲秋天與同伴們的日常小片段集結成冊。「星雨檸檬水」收錄的是作為特典調整字數前的版本，另外還收錄了未發表的短篇，還沒看過特典短篇的讀者不用說，即使是已經看過的讀者也一定能看得開心！

・這次用未發表&全新創作小說的解說，代替平常的註釋。

「蕾娜＋阿涅塔」、「賽歐＋凱耶＋悠人＋菲多」、「順便提到當時的阿涅塔與達斯汀」這三篇是店舖特典短篇小說，以及未發表的作品。

店舖特典從第一集到第六集，我會儘量比所需數量多寫個兩篇（名義上是不被採用時還有候補，其實只是自己愛寫）。未採用的幾篇基本上都會刊登於カクヨム，唯獨這三篇錯過時機，一直未能發表。「蕾娜＋阿涅塔」與「賽歐＋凱耶＋悠人＋菲多」是第一集發售時寫來當作特典短篇的，所以已經是六年前的事了！真令人懷念……！

「十月二日（安琪的生日）」、「十二月十二日（阿涅塔的生日）」

這兩篇是全新創作。

之所以一直沒在カクヨム等平台創作這兩人（還有維克與芙蕾德利嘉）的生日短篇，是因為當時正篇的時間軸還沒到十月與十一月。到了第十一集進入十月，第十二集則是進入十一月，我終於可以寫這兩人的短篇了。十二月的維克還有二月的芙蕾德利嘉，以後也會找機會努力寫好的！

「香水群星戰」

由於很多讀者表示想知道各個角色的生日與使用的香水，再來就是我猜應該會有讀者對各大勢力使用的手槍感興趣，於是就全部丟一鍋煮成了黑暗火鍋式的短篇。想讓所有角色都登場的話，無論如何都只能扭曲時空，所以還請大家別把它當成作品世界實際發生過的事件，想成辛他們看見的集體幻覺或什麼就好（不然雷哥哥、凱耶還有尤金實際上都已經死了嘛……）

附帶一提，塞耶爺爺與葛妲奶奶，以及維克的父王、斯韋特蘭娜姑媽、貝兒．埃癸斯中將由於分別跟自己的繼承人雷夏與亞特萊、尤娜、扎法爾、維克以及奧利維亞使用同款香水，因此就不登場了。另外只有盟約同盟軍的制式手槍，由於瓦茲拉夫與神父對奧利維亞又是誤射又是追著跑而沒能登場，因此在這邊告訴大家，是「精度極高，但以軍用而論略嫌昂貴的單排彈匣九毫米自動手槍」。

最後是謝詞。

責任編輯田端氏與西村氏，很高興生日號碼布與熱帶風情菲多有把兩位逗笑。しらび老師，第十二集封面帶有愁容的蕾娜很棒，而這集封面笑容無憂無慮的蕾娜也一樣迷人。希望我在正篇也能多多讓蕾娜露出這種開朗的神情……！看到「提著水桶甩來甩去踴躍參加群星戰！」的菲多笑到人仰馬翻的I-Ⅳ老師，也謝謝您為「レジーナ☆レーナ」設計銀河航行艦與魔杖！染宮老師，《魔法少女レジーナ☆レーナ》漫畫版正式啟動！從第一集開始魔法少女蕾娜與阿涅塔就好漂亮，狗耳朵Q版八六角色都好可愛，大叔軍人三人組又好可憐，實在太好看了！

然後，是這次依然陪伴我到最後的各位讀者。希望大家喜歡與其說偶爾，根本常常都在揮灑青春的死神與鮮血女王，以及同伴們的成長歷程。

那麼，願本書能暫時將您帶往先鋒戰隊基地某一夜的團聚，以及軍械庫基地的每日喧囂之中。

國家圖書館出版品預行編目資料

86-不存在的戰區. Alter.1, 死神偶爾揮灑青春/安里アサト作 ; 可倫譯. -- 初版. -- 臺北市 : 臺灣角川股份有限公司, 2024.04

面 ; 公分. -- (Kadokawa fantastic novels)

譯自 : 86—エイティシックス. Alter.1, 死神ときどき青春—

ISBN 978-626-378-759-9(平裝)

861.57 113001892

Kadokawa
Fantastic
Novels

86—不存在的戰區—Alter.1
—死神偶爾揮灑青春—

（原著名：86—エイティシックス—Alter.1—死神ときどき青春—）

2024年4月8日　初版第1刷發行

作　者：安里アサト
插　畫：しらび
機械設計：I-IV
日版設計：AFTERGLOW
譯　者：可倫

發行人：台灣角川股份有限公司
總　監：呂慧君
總編輯：蔡佩芬
主　編：林秀儒
編　輯：楊玟恩
設計指導：陳晞叡
美術設計：莊捷寧
印　務：李明修（主任）、張加恩（主任）、張凱棋

發行所：台灣角川股份有限公司
地　址：104台北市中山區松江路223號3樓
電　話：（02）2515-3000
傳　真：（02）2515-0033
網　址：www.kadokawa.com.tw
劃撥帳戶：台灣角川股份有限公司
劃撥帳號：19487412
法律顧問：有澤法律事務所
製　版：巨茂科技印刷有限公司
ISBN：978-626-378-759-9